大正幽霊アパート鳳《ほう》銘《めい》館《かん》の新米管理人7

竹村優希

角川文庫
24095

Contents

鳳《ほう》銘《めい》館《かん》

代官山の住宅街にある美しい洋館。
大正時代の華族の邸館をアパートに改装したものだが、
当時の雰囲気はそのまま。入居条件は霊感があること。

上《うえ》原《はら》礼《れ》央《お》

25歳。爽良の隣の部屋に住む、
幼馴染にして唯一の友人。
業界トップレベルのフリーエンジニア。
美形だが無愛想?

鳳《おおとり》爽《そ》良《ら》

23歳。強い霊感があることを
隠して生きてきた。
祖父の庄之助から鳳銘館を託され、
オーナー兼管理人を務めることに。

紗《さ》枝《え》

鳳銘館に住む少女の霊。
爽良に懐いている。

大正幽霊アパート鳳《ほう》銘《めい》館《かん》の新米管理人

御《み》堂《どう》吏《つかさ》
30歳前後。
鳳銘館の管理人代理。
軽くて適当そうな口調だが、
人懐っこい一面も。
寺の息子で霊を祓える。
ロンディ＆スワロー
鳳銘館で飼われている
ホワイトスイスシェパードの兄弟犬。
見た目はそっくりだが性格は真逆。

イラスト/カズアキ

依《より》と、連絡がつかない。

彼女は呪いに失敗したか、あるいは致命的な〝呪い返し〟を受けた可能性がある――。

碧《あおい》からそんな話を聞いて以来、爽良《そら》の心はずっとモヤモヤしていた。

碧いわく、呪い返しとは、呪いを失敗した場合に、それが倍になって自分に返ってくるという、呪いを行う上での最大のリスク。

本来、失敗さえしなければ受けるはずのないものだが、依の場合は自ら編み出した呪いがあまりに強すぎるせいか、あるべき法則とは無関係に、呪いの一部が返ってくるという異常な現象が起きる可能性もあり得るのだという。

現に、依がまだ子供だった頃、全身の皮膚が爛《ただ》れるという重篤な症状に見舞われたことがあるらしい。

そして、まだ子供だった頃の話と聞いた瞬間、爽良の頭には、裏庭で視た依と美代子《みよこ》の過去の一幕が過《よぎ》っていた。

中でももっとも印象的なのは、当時の依が美代子に言った、「殺したいんでしょ？」という不穏な問いかけ。

それらを総合して考えると、依がその当時に受けた呪い返しとは、美代子が殺したがっていた何者かに呪いをかけた結果ではないかと爽良は推測していた。

ただ、全身の皮膚が爛れても「計算を間違えた」と平然としていた依が、今回に関しては、心を許している碧にすら連絡を寄越していないという。

万が一、呪い返しのせいで身動きが取れない程の状況に陥っているのだとすれば、いったいどんな強力な呪いを実行したのか、想像するだけで全身が震えた。

「——依さんのこと考えてる？」

真冬の昼下がり。

談話室でぼんやり考えごとをする爽良の横に、ふと、礼央《れお》が座った。

いつも通り手にはパソコンを持っているが、膝《ひざ》の上に置いたまま、開く気配は一向にない。

おそらく、仕事をする体で様子を窺《うかが》いに来たのだろうと、爽良は思う。

そもそも、礼央は以前、冬の談話室では集中が続かず、とても仕事にならないと話していた。

円筒式の大きな灯油ストーブでしっかりと温められた談話室は、あまりに暖かすぎて頭がぼんやりするのだと。

いつもなら、爽良も、ソファに座った瞬間に眠気に襲われてしまう。

寒さの厳しい木造の鳳銘館《ほうめいかん》において、談話室はかけがえのない癒《いや》しの空間だ。

しかし。最近は——それこそ依のことを聞いてからというもの、爽良の気持ちはここにいてもなお落ち着かなかった。

理由はまさに、礼央からの問いの通り。

爽良の頭の中には、常に、依のことがある。

「……うん」

長い間を置いて頷《うなず》くと、礼央は便宜的にパソコンを開き、なにも開かれていないファインダーでカーソルを弄《もてあそ》んだ。

「どうせ、爽良のことだから」

「うん？」

「心配してるんでしょ。依さんが今、どういう状況にあるのか」

「………………」

確信的なその言い方に、爽良は黙って俯《うつむ》く。

正直、礼央の指摘通りなのだが、心配だとはっきり口にできないのは、依の残酷さや非人道的な面が頭を過るからだ。

なにより、依が呪い返しで大きなダメージを受けているとするなら、それくらいの強い呪いを受けた人間が他に存在することを意味する。

どんな経緯があるにせよ、命を軽視し、魂を道具として使い、残酷な言葉を平然と口にする依の無事だけを心配できる程、浅はかにはなれなかった。

けれど。

「……これ以上関わらない方がいいんじゃないかって、私も思うんだけど」

「うん」

「ただ、私をここまで導いたのは、庄之助《しょうのすけ》さんが残した伝言だから……って思うと、どうしても」

「うん」

「なにか、託されているような気がして」

爽良が引けないでいる理由はまさに、庄之助が爽良に残したと思われる、〝秘密のレシピの在処《ありか》〟と書かれた謎のメモ。

過去の例に漏れず、具体的な要望が書かれていたわけではないが、〝秘密のレシピ〟という意味深な言葉の意味を探った結果、依との関連が浮上し、今に至る。

「だとしても、今回ばかりは荷が重すぎでしょ」

正直、爽良の感想もまた、礼央と同じだった。

ただし、庄之助の遺《のこ》した言葉は、そもそも爽良を鳳銘館に導いたことも含め、最近においては御堂《みどう》の心を救うキッカケにもなったりと、かなり重要なことが絡んでいる。

もし、爽良が動くことによって、御堂のような一人の人間の心を救えるのだとすれば、簡単に無視する気にはなれなかった。

「そう、思うんだけど」

「そもそも、依さんが動けないならむしろ平和でいいよ。呪うとか殺すとか、あの人はあまりに世界が違いすぎる。俺らじゃとても手に負えない」

「……そう、なんだけど」

「だいたい、爽良に託したっていうのもただの推測でしかなくて、勘違いの可能性もあるわけだし」

礼央の言葉に曖昧《あいまい》に頷きながら、爽良はさらに深く俯く。

頭ではすべて正論だと理解しているものの、それでも、爽良にははっきりと頷くことができなかった。

「わかってる……。もちろん、依さんを救いたいとか、そんな大それたことが私にできるなんて思ってないし……」

「救うもなにも、加害者だよ」

「でも、過去の、……美代子さんに酷《ひど》く依存してた依さんの様子が、ずっと気になっていて。……あまりにも、孤独で」

「でも、寂しいからって許されることじゃなくない？」

「だけど、もしそれ相応の罰を今受けていたとして、本人がなにも変わらないままじゃ、延々繰り返すだけだし……」

「だからこそ、今後いっさい関わらない方がいいんだって」

顔にも口調にも出さないが、礼央はきっと怒っているのだろうと爽良は思う。

礼央には、出会った頃からもはや数えきれない程に助けてもらってきたというのに、また危険なことに首を突っ込もうとしているのだから、それも無理はなかった。

とくに鳳銘館に来てからは、これまでの比ではない。

そんなことを考えているうちに、やがて、今回ばかりは礼央の意見を尊重すべきかと、爽良の心が少しずつ傾きはじめる。——しかし、そのとき。

「——私、依ちゃんを放っておけないんだよね……」

ふいに背後から声が聞こえ、振り返ると碧の姿があった。

碧はいつになく思い詰めた表情で爽良たちの正面に座ると、重い溜《た》め息をつく。

「ごめん、途中から聞いてた」

「い、いえ、……それより、放っておけないって……」

「うん。……正直、礼央くんの言う通り本来は関わるべきじゃないって思ってるし、昔からいろいろ察していながら傍観してきた私に、今さらできることなんてないって思いもあるんだけどさ。……なんか、それでいいのかなって、最近ずっと考えてて。私は、依ちゃんが気を許してる数少ない人間の一人なのに」

「碧さん……」

「そんな私が、彼女の生死すらわからない今もなお傍観してていいのかって。まあ、本当に、今さらなんだけど。……でも、彼女に良い印象のない爽良ちゃんですら、こんなに悩んでるっていうのに」

「で、でも、私には庄之助さんの導きかもしれないっていう、個人的な動機がありますから……」

「うん、それもわかってる。むしろ、わかってるからこそ、こんな話をしに来たっていうか。……っていうのは、もし爽良ちゃんがその使命感で動こうとしてるなら、私は協力するっていう形を取れればなって。人に乗っかるだけなんて卑怯《ひきょう》だってわかってるけど、なにもできない私には、そういう方法しか思いつかなくて……」

碧と依の関係性を深く知らない爽良には、いかにも後ろめたそうにしている碧の心情は、よくわからない。

ただ、「いろいろ察していながら傍観してきた」という言葉には深い後悔が滲《にじ》んでいて、なにかしたいという切実さがひしひしと伝わってきた。

いずれにしろ、これから依のことを追求すると決めた場合には、碧の協力程心強いことはない。

ただ、現状の問題はそこではなく、爽良はチラリと礼央に視線を向ける。

「あの、礼央……」

おそるおそる名を呼ぶと、礼央はパタンとパソコンを閉じ、爽良と目を合わせた。

その、いつも通り凪《な》いだ瞳《ひとみ》を見ながら、礼央が必ず協力してくれることを知っている自分は、きっと狡《ずる》いのだろうと爽良は思う。

「……礼央に心配をかけるのは、これで、最後にするから……、その……」

込み上げた罪悪感からそう前置きすると、礼央は小さく肩をすくめた。

「最後なんて言葉、意味ないよ。爽良が最後だって言っても、俺はずっと心配し続けるわけだし」

「礼央……」

「前にも言ったけど、爽良がやるって言うなら俺もやる。それだけの話。それに、庄之助さんのメモの件は、もはや依さんの存在を避けては解決できないような気がしてきたし」

「……ありがとう」

「それに、鳳銘館は、万が一俺が近くにいなくても安心していられる環境であってほしいし」

「え……？　近くにいなくても……って」

「いや、ただの仮定の話」

礼央はポロリと零《こぼ》した意味深な言葉をすぐに流し、ソファから立ち上がる。

そして、出入口に向かいながら、爽良と碧に手招きをした。

「ともかく、依さんを放っとけないって言うなら、まずは居場所を探らないと。その様子だと碧さんには心当たりがないんだろうし、念の為、御堂さんにも聞きに行こう。正直望みは薄いと思うけど、他に手がかりを持ってそうな人なんていないから」
その素早い行動に戸惑いながらも、爽良と碧は顔を見合わせて立ち上がる。
同時に、今進めばきっともう後戻りはできないだろう、と。
自分で選んだこととはいえ、踏み出した足は少しだけ震えた。

依のことを聞くために御堂のもとを訪ねるのは、少し勇気が必要だった。

つい先日も、爽良が視た依と美代子の過去について話したばかりだが、御堂は依のこととなると妙に反応が過敏になり、時折、口調に苛立《いらだ》ちが滲む。

おそらく、御堂自身がすでに、もう依とは関わるべきでないという結論を出しているからだろう。

あくまで協力的な態度を取ってくれてはいるが、自身がとうに匙《さじ》を投げた実の妹の怖ろしい過去が今になって取り沙汰《ざた》されているとなると、複雑な心境になるのはある意味当然と言えた。

碧も同じ心境なのか、いつものように不謹慎な言葉を口にすることなく、黙って礼央の後に続く。

一方、礼央は三〇八号室の前に着くと、躊躇《ためら》いなくノックをした。

間もなく御堂が顔を出し、三人の表情を見比べて怪訝《けげん》な表情を浮かべる。

「……なんか、嫌な予感しかしないんだけど」

御堂の口調はいつも通り軽いが、爽良たちの神妙な表情から簡単に終わる用件ではないと察したのだろう、やれやれといった様子で廊下に出ると、壁に背中を預けて腕を組んだ。

「で、なんかあった？　もしかして、また美代子さんの気配に遭遇したとか？」

御堂がそう考えるのも自然なことで、前に爽良が御堂と話したとき、今は美代子の気配が現れるのを待つしかないという結論で終わっている。

ただ、その後に碧と話す中で依が現在音信不通であると判明し、状況は少し変わってしまった。

「い、いえ、そうではないんですが……」

爽良はどう切り出すべきかと困惑し、目を泳がせる。

しかし。

「依さんの居場所に心当たりないかと思って」

礼央は躊躇う爽良を他所《よそ》に、あっさりと本題に入った。

あまりに直接的な問いに、さすがの御堂も瞳に動揺を映す。

「は？　依の居場所？」

「そう」

「俺が？」

「だから、そう」

「…………」

御堂は束の間の沈黙を置いた後、淡々と頷《うなず》く礼央に、呆《あき》れたような苦笑いを浮かべた。

「いや……、知るわけないし。ってか、俺じゃ会うのすら難しいってことは、爽良ちゃんも知ってるはずでしょ」

突如矛先が自分に向き、爽良は慌てて頷く。

「そ、それは知ってるんですけど、実は碧さんも依さんと連絡が取れなくなったみたいで、……なんだか、嫌な予感がするんです。だから、その……、捜したいと、思っていて」

「依を？　捜してどうすんの？」

「そ、それは正直まだわからないんですけど……、ただ、依さんは今、呪い返しで大変な状況に陥ってるんじゃないかっていう話になっていて」

「呪い返し、ねぇ。まあ、呪いを扱う以上はあり得るだろうけど。だとしても、そんなの今さらこっちが気にすることじゃなくない？」

「で、でも、碧さんですら連絡がつかないっていうのは珍しいみたいですし、なんだか気がかりで。……それに、ここに残る美代子さんの気配も、依さんの残留思念も、私が視た過去も、結局は全部、庄之助さんが遺《のこ》した言葉と繋《つな》がっているんじゃないかって思えてきて」

「〝秘密のレシピ〟のこと？」

「はい。裏庭のローズマリー畑のことを考えても、〝秘密のレシピ〟の件に関しては、依さんも重要な登場人物なんじゃないかって思うんです。だから、会いさえすれば、なにかがわかるんじゃないかって思っていて……」

　言葉に出すと、混沌《こんとん》としていた頭の中が少しだけ整理された気がした。

　とはいえ、御堂の反応はやはり怖く、語尾はみるみる弱々しく萎《しぼ》んでいく。――しかし。

「……まあ、前に爽良ちゃんたちと話したときから、――いや、レシピの再現を始めたあたりから、薄々そんな気がしてたけどさ……」

　意外にも、御堂は反発するどころか爽良の意見に同調した。

「そ、そうなん、ですか……？」

「うん。今回庄之助さんが遺した〝秘密のレシピ〟云々《うんぬん》には、なんとなく依が関わってそうな匂いがするなって。つまり、庄之助さんは、爽良ちゃんに依のことでなにかさせようとしてるんじゃないか……みたいな」

「そこまで予想を……」

「だって、キッチンの引き出しの中を不自然に燃やしたのは明らかに依だし、依は美代子さんに懐いていて、パンケーキも食べてたわけでしょ。……それに」

「それに……？」

「庄之助さん自身が、生前から依のことを結構気にかけてたからさ。……なのに、あの世話焼きが依のことを放置したまま死ぬなんて、今となっては逆に不自然な気がして。だってあの人、死んでもなお、俺のことを救ってくれたわけだし。まぁ実際に動いたのは爽良ちゃんなんだけど」

御堂の言う「救った」とは、爽良が御堂の母親の念を見つけたことに他ならない。

庄之助はそうやって、死んだ後もなおその存在感と懐の深さを示し続けている。

そう考えると、御堂の「逆に不自然」という言い方には説得力があった。

「私はただ、導かれるまま動いただけです……」

「そうだとしても、庄之助さんは爽良ちゃんが小さな残留思念すら視えることを見越した上で、託したわけでしょ。爽良ちゃんになら救えるって、わかってたから」

「それは……」

「だったら、依のことも、爽良ちゃんにならできることがあるっていう確信を持ってた可能性はあるよなぁって」

「あの依さんを、私が……」

あまりの内容に、思わず声が震えた。

すると、御堂は小さく肩をすくめる。

「いや、ただの推測だよ。なにせ、俺には依の救い方なんてわからないし、むしろ破滅に向かうのも自業自得だって思ってるから。……ただ、庄之助さんは異常に世話焼きだしね。……あくまで、可能性のひとつとして」

御堂はそこまで言うと、チラリと礼央の様子を窺《うかが》った。

爽良が依に関わることを是とするような発言をした手前、過保護な礼央の反応が気になったのだろう。

礼央もそれを察したのか、鬱陶《うっとう》しそうに目を逸《そ》らした。

「ただの推測だなんて言いながら、俺には、あんたの面倒な妹を爽良に押し付けてるように聞こえるんだけど」

「いや、さすがにそんなつもりはないよ。でも、ついつい思いついたまま口にしちゃったから、配慮がなかったならごめんね」

「……しらじらしい」

「君はちょっと俺を誤解しすぎ」

「……ともかく。御堂さんには依さんの居場所にまったく心当たりがないってことだよね。こっちが聞きたかったのは、それだけだから」

珍しく刺々《とげとげ》しい礼央の言い方に、御堂は半笑いで肩をすくめる。

かたや爽良は、礼央が全身から醸し出している、今すぐにここを去りたいというオーラを嫌という程感じながら、御堂の協力を仰ぎ辛《づら》くなってしまったこの状況に、小さく溜《た》め息をついた。――しかし。

「ちなみに俺は、まだ、〝秘密のレシピ〟の再現、諦《あきら》めてないからね」

ふいに御堂が口にしたのは、かねて進めていた、美代子のパンケーキのレシピの再現計画について。

なぜ今その話を出したのだろうと爽良が戸惑っていると、御堂はどこか意味ありげな笑みを浮かべた。

「依の居場所には直接関係ないかもしれないけど、例のパンケーキのレシピ自体にも、絶対に深い意味があると思ってるからさ。もしかしたら、そこから新たなヒントに繋がるのかもしれないしね。だから、俺はそっち方面から謎の解明を進めようと思ってるんだ」

「謎の解明を……？」

「そう。たとえ依が関わっていようが、俺は手を引くなんて言うつもりはないってこと。そういうわけだから、安心して」

軽い口調とは裏腹に御堂の言葉はとても心強く、爽良は心底ほっとし、深く頷き返した。

すると、そのとき。

「ちなみにだけど、そのレシピって本当にどこにも残ってないのかな」

しばらく黙って話を聞いていた碧が、ふいに疑問を零《こぼ》した。

「え……？」

「いや、私はそのパンケーキの存在自体知らないんだけど、特殊なレシピならなおさら、作り始めた当初は確実に存在したはずでしょ？　作り続けるうちに覚えて必要なくなったとしても、少なくとも作り始めた当初はさ」

「ああ、それだったら、レシピがあったのではと思われる引き出しの中が、完全に焼失してしまっていて……」

「だとしても、それが原本とは限らなくない？　暗記していたなら自宅に置いてあるだろうし、人に教えるときにはその都度書けばいいだけだし。案外、どっかに普通に原本が残ってたりするんじゃないの？　たとえば、遺族が保管してたりとか」

「ご遺族が……？」

その瞬間、爽良の心が小さくざわめく。

言われてみれば、庄之助が遺したメモと鍵《かぎ》を見つけて以来、鍵の合う引き出しの中身がすっかり燃えてしまっていたことに気を取られ、レシピ原本が存在する可能性などまったく考えてもみなかったと。

そもそも、美代子は鳳銘館の住人ではないため他に自宅があったはずであり、亡くなった後に、遺族の誰かが遺品整理をした可能性もある。

もちろん、それらが今も遺されているかどうかは不明だが、遺族に会うことさえできたなら、たとえレシピが見つからずとも、なんらかの新たな情報が得られるのではないかと、爽良の心に小さな希望が宿った。

「御堂さん、美代子さんのご自宅はご存じないですか……？」

込み上げた衝動のままに尋ねると、御堂は小さく首をかしげる。

「俺は行ったことも聞いたこともないんだけど、ただ、渋谷《しぶや》の鶯谷町《うぐいすだにちょう》あたりから歩いて来てるっていう話を聞いたような気がする」

「鶯谷町なら、ここから結構近いですよね」

「あと、庭でハーブを育ててるって言ってたから、一軒家なのは確か。まあ、今どうなってるかはわかんないけどね。とっくに売りに出されたかもしれないし」

「そうですけど、鶯谷町は便利な場所ですし、ご兄弟とかが相続された可能性もありますよね。そうでなくとも、場所さえわかれば過去の所有者を調べられますし、そこから美代子さんの親戚《しんせき》の情報に行き着くことも……」

「まるで探偵だね。ただ、場所さえわかればって言うけど、鶯谷町に一軒家なんて山ほどあるよ？」

「でも、古くから住んでる方の中には、美代子さんのことを知ってる方がいるかもしれませんし」

「……まさか、聞き込みして回る気？」

御堂は明らかに引いているが、爽良としては、少しでも情報が得られるのならばそれもやむを得ないと考えていた。

むしろ、鶯谷町まで範囲が絞れているのはかなり幸運だと。

「もちろん駄目元ですが、それも手だなって思ってます。依さんの居場所の見当がつかない今、やれることはそれくらいしかありませんし」

「そりゃ、そうだけど……。でも、近年は物騒だから、聞き込みなんてしてたら警察を呼ばれかねないよ？」

「そ、それは確かに……。だったら、民家を訪ねる前に、まずは昔からやってそうなお店を当たってみます。あの辺りって、個人店が多いイメージがありますし」

「その方がまだマシかもね。埼京線《さいきょう》の線路沿いなんかにはこぢんまりした店が結構――」

「……御堂さん？」

急に言葉を止めた御堂を不思議に思って見上げると、御堂はわずかな間を置いた後、意味ありげに瞳《ひとみ》を揺らす。――そして。

「そういえば、……その辺りに、美代子さんが昔働いてたっていう、イタリア料理店があるかも」

突然の新情報に、爽良は思わず目を見開いた。

「え？　昔っていつ頃の話ですか……？」

「確か、娘さんがまだ小さい頃の話だったかな……。美代子さんはシングルマザーだし、自宅からの近さを最優先に働き口を選んだって言ってたような。幸いオーナーがすごく協力的で、子供を預かってくれたこともあったとか。自分はオーナーや庄之助さんのような優しい人との縁に恵まれてるってよく話してたから、なんとなく覚えてたんだけど……」

「なるほど……。でもその店、今もまだあるでしょうか……」

「そこだよなぁ。かなり古い話だから、もうないかも。だけど、もしまだあった場合、オーナーはきっと美代子さんのことを覚えてるよね。話を聞いた限りは、かなり親密だったっぽいし」

「ですね。それに、子供を預かっていたなら、美代子さんのご自宅の場所もきっとご存じですよね」

「だろうね。あと、たとえもう廃業していたとしても、辺りの同業者に聞けばオーナーのことを知ってる人に行き着くかも」

「確かに……！　じゃあ、まずはその店から探してみます。御堂さん、本当にありがとうございます！」

御堂が思い出してくれた情報は、手がかりが少ない現状において、かなり有用だった。――しかし。

少なくとも闇雲に聞き込みをする必要がなくなり、爽良は深々と頭を下げる。

「いやいや、俺も行くし」

御堂はさも当たり前のように、そう口にした。

「え？　付き合ってくれるんですか……？」

「付き合うっていうか、レシピ方面から謎の解明を進めるって言い出したのは、俺だから」

「そ、そうですけど……」

「それに、俺もいい加減いろいろスッキリさせたいんだよね。……なんていうか、落ち着かなくて」

「御堂さん……」

言い方は曖昧《あいまい》だったけれど、御堂の複雑な心境を想像するのはとても容易であり、スッキリさせたいという言葉には爽良も心から同意だった。

思えば、ローズマリー畑で庄之助が遺《のこ》したメモを見つけて以来、それを追求すればするほど不穏な事実が明らかになり、心の中にはひたすら不安が積もり続けている。

しみじみ頷《うなず》くと、御堂は爽良の頭をぽんと撫《な》で、ポケットから携帯を取り出してスケジュールを開いた。

「そうと決まれば早い方がいいよね。ちなみに明日は行ける？」

「私は大丈夫です！」

「碧は仕事がやばそうだから留守番として、上原《うえはら》くんは？　いや、……聞くまでもないか」

揶揄《やゆ》するような言い方に、礼央はさも不満げに頷く。

「……当然」

最近の二人のやり取りにはなんだかハラハラさせられるが、その一方で、礼央がこうも感情を表に出す相手を爽良は他に知らず、ある意味新鮮でもあった。

御堂は満足げに頷くと、携帯をポケットに仕舞う。

「じゃ、決まりね。まあ、あまり構えすぎず、なにか見つかればラッキーくらいの気持ちでやろう」

「……はい」

正直、爽良の心境は御堂が言うように軽くはなかったけれど、深く頷くと、不安だらけの今後に少しだけ前向きになれるような気がした。

翌日。

予定通り鶯谷町へ向かった爽良たちは、桜丘町《さくらがおかちょう》方面にかけて個人店が並ぶ線路沿いを歩きながら、古いビルの前で足を止めた。

「礼央が言ってた店って、ここ……？」

「そう。ここの二階」

〝礼央が言ってた店〟とは、昨日、まずは美代子が勤めていた店を探そうと決めた後に、礼央がネットであっさりと見つけてきた有力候補。

聞けば、飲食店は専門の情報サイトが多く、たとえ廃業した店であっても、しばらくは詳細な情報が残っているのだという。

礼央によると、〝二十年前くらいに鶯谷町近辺で営業していたイタリア料理の個人店〟という簡単なヒントをもとに情報を浚《さら》った結果、エリアを広めに設定したにもかかわらず、残ったのはたったの一軒だったらしい。

そこは「トラットリア・カゼッタ」という名の現在も営業しているイタリア料理店で、レビューを参照するに、オーナー兼シェフは渋めな年配男性とある。

また、ほとんどのレビューに、「本格的なイタリア料理」と、味を賞賛する声が多く見受けられた。

しかし、逆に「常連客が長く滞在していることが多く、フラッと入った人間には少し肩身が狭い」という否定的な意見も少なからずあった。

ただ、そういった、いかにも地域に根付いていることが窺《うかが》えるその情報こそ、子供を預けていたという美代子の話と辻褄《つじつま》が合っているような気がした。

爽良は、ずいぶん年季の入った佇《たたず》まいをまじまじと見つめる。

そんな中、御堂は早速、ビルの側面に設置された外階段へ向かった。

「早く行こう。ランチタイムに入ると人が増えて迷惑がかかっちゃうし」

「そ、そうですよね……」

確かに御堂の言う通りだと、爽良は礼央と頷き合い、慌ててその後を追う。ちなみに今は十一時で、表の看板には「ランチタイム 11：30〜14：00」とあった。

正直、「フラッと入った人間には少し肩身が狭い」というレビューの影響で、爽良は少し緊張していた。

もし余所者《よそもの》に冷たいオーナーだったらという嫌な想像が、ずっと頭から離れなかったからだ。

一方、前を歩く御堂はなんの躊躇《ためら》いもなく、水色に塗装されたドアを大胆に開け放った。

同時に、カランとドアベルが鳴り響き、ガーリックとオイルの香りがふわりと鼻を掠《かす》める。

その食欲をそそられる香りに、爽良は一瞬緊張を忘れ、思わず深く息を吸った。――そのとき。

「いらっしゃい。ランチタイムはまだだけれど、日替わりでいいならあと十分くらいで用意できるよ」

こぢんまりした店内のカウンターキッチンに立つ年配の男性から、早速声をかけられた。

見れば、まさにレビューで見た通りの風貌《ふうぼう》であり、間違いなく彼がこの店のオーナーだと爽良は確信する。

〝渋め〟と表現されていただけあって顔は少し強面《こわもて》だが、ランチタイム前なのに用意できると言ってくれた優しさにすっかり安心した爽良は、ひとまずほっと息をついた。

すると、御堂は少し考えてから、爽良たちと目を合わせる。

「……食べよっか。せっかくだし」

「そ、そうですね」

元々食事をする予定ではなかっただけに一瞬戸惑ったけれど、入っておいて要らないとは言えず、爽良は慌てて御堂に頷く。

すると、オーナーは二人のやり取りに違和感を覚えたのか、小さく眉《まゆ》を顰《ひそ》めた。

「君らは、食事をしに来たわけじゃないのかい？」

図星を突かれたことに爽良は思わず動揺するが、かたや御堂は躊躇いなくカウンターに座り、あっさりと頷く。

「本当は、伺いたいことがあって来たんですけど……、でも、さっきからいい匂いがしてるし、食事もしたいです。日替わりランチを三つ、お願いします」

「了解。……で、話っていうのは？」

「実は僕、お世話になった人のことを調べてるんです。吉岡《よしおか》美代子さんって方なんですけど、もしかして昔ここに勤めてたんじゃないかって――」

御堂の言葉が途切れた理由は、言うまでもない。

美代子の名前を出した途端、それまで忙《せわ》しなく動いていたオーナーの手が、不自然にピタリと止まった。

御堂は確信を持ったのだろう、オーナーをまっすぐに見つめて反応を待つ。

すると、オーナーはわずかな沈黙の後にふたたび手を動かし、それからゆっくりと口を開いた。

「美代子さんか……。確かにここでしばらく働いていたし、辞めてからもずっと友人だったよ。今君が座っている場所で、よく食事をしていたな」

「やっぱり、この店でしたか」

「もっとも、娘さんを不幸な事故で亡くされてからはピタリと連絡が途絶えてしまって、彼女が亡くなったことを知ったのもしばらく経ってからだ。……それにしても、君らはずいぶん若いけれど、美代子さんとはどういう……」

「事情は少し複雑なのですが、僕がまだ子供の頃から美代子さんには良くしていただいて、毎週末、彼女が作った料理を食べていました。僕にとっては、第二の母のような存在です」

御堂が美代子を「第二の母」と表現した瞬間、爽良の心が小さく疼《うず》いた。

思えば、これまで御堂から美代子の存在について深く聞いたことはなかったけれど、それが本心ならば、御堂は二度も母親を失ったことになる。

オーナーも爽良と同様に辛《つら》そうな表情を浮かべ、わずかに視線を落とした。

「なら、さぞかし寂しかったろうね。彼女は病気が判明してから亡くなるまで、あっという間だったらしいし」

「ええ。僕は病気のことを知らされていなかったので、なおさら驚きました」

「……可哀想に」

「でも、もう一年以上経ちますので」

「そうか。……それにしても、懐かしいな」

オーナーの呟《つぶや》きとともに、店内を寂しい沈黙が包む。

そんな中、爽良はカウンター越しに、大切に扱われていることが窺える数々の調理器具を眺めながら、かつてここで過ごしていた美代子の姿を想像していた。

やがて、オーナーは三人分のパスタを大きな鍋《なべ》に投入し、棚から四つのワイングラスを取り出して爽良たちの前に並べる。そして。

「懐かしい話ができて嬉《うれ》しいよ。これはサービスだから、よかったら付き合ってくれるかい？」

爽良たちの返事を待たず、グラスにワインを注いだ。

「頂いていいんですか？」

御堂が尋ねると、オーナーはいたずらっぽく笑い、グラスを小さく掲げてからひと口呷《あお》る。

「ああ、遠慮する必要はないよ。イタリアの知り合いから安く仕入れているワインだから」

「じゃなくて、仕事中に飲んじゃっていいのかなって」

「はは！　そっちは確かによくないな。バイトが来る前に証拠隠滅をしないと」

その明るい笑い声が、オーナーの気さくな人柄を物語っていた。

爽良はなんだか気が緩み、出されたワインにそっと口を付ける。

正直、ワインはあまり得意な方ではないけれど、それは驚く程口当たりが軽く、するりと喉《のど》を通った。

「……爽良、ワインは後からくるから気をつけて」

すかさず礼央に心配され、爽良は慌ててグラスを置く。

オーナーはそのやり取りを聞きながら、微笑ましげに目を細めた。

「彼の言う通り、弱いなら無理しないように。ランチタイムに出すワインは飲みやすいものを選んでいるけれど、調子に乗ると足にくるからね」

「は、はい……。気をつけます」

「そういえば……、美代子さんの娘さんが成人したら皆で乾杯しようって、当時の従業員や常連たちと約束していたんだよ。……なのに、誕生日を迎える前に亡くなってしまって、本当に残念だ」

「確か、事故で……」

「ああ、……轢《ひ》き逃げでね。とても許し難い、最悪な事故だ。あの日から、いろんなことが大きく変わってしまった」

語尾がかすかに震えた瞬間、爽良の胸がぎゅっと震え、同時に、これは悲しみというよりも明確な怒りだと察した。

おそらく、その事故はオーナーにとっても、今もなお鮮明に怒りが蘇《よみがえ》るくらいの大きな出来事だったのだろうと爽良は思う。

だとすれば、母親である美代子が当時どれだけの苦しみを抱えたか、とても想像がつかなかった。

やがてオーナーは茹《ゆ》で上がったパスタをフライパンに移し、慣れた手つきでトマトソースと絡める。

同時に、美味《おい》しそうな香りが辺りにふわりと広がった。

華麗な手つきに思わず見惚《みと》れていると、オーナーはそんな爽良を見て小さく笑う。――そして。

「このトマトソースはお客さんに好評でね。……実は、美代子さんが働いていた頃に、一緒に考えてもらったものなんだよ」

そう聞いた瞬間、ふいに、爽良の心臓がドクンと揺れた。

御堂も即座に反応し、カウンターから身を乗り出す。

「レシピを、美代子さんと一緒に？」

その反応を不思議に思ったのだろう、オーナーはやや戸惑いを見せながらも、頷《うなず》いてみせた。

「あ、ああ。君らも知っているだろうけど、彼女は料理研究家として豊富な知識を持っていたし、本来はこんな小さな店で働くなんて勿体《もったい》ないくらいの料理人だったからね。たまたま家が近かったお陰で、うちを選んでもらえたけれど。当時は評判の悪いメニューの改善にどれだけ協力してもらったことか。いまだに商売できているのは、彼女のお陰といっても過言じゃない」

「つまり、この店のメニューの中には、美代子さんが考案したものもあるってことですよね」

「そうだね。メニューは年々少しずつ変わってきているけど、彼女が考えたものに関しては、全部そのままだよ」

「……ちなみに、パンケーキは」

「パンケーキ？」

「パンケーキは、メニューにありましたか？」

御堂がそう問いかけた途端、爽良の心に強い緊張が走った。

追い求めてきたレシピにここで出会えるのではないかと、期待が一気に膨らんだからだ。――しかし。

「パンケーキを出していたことは、昔から一度もないな。うちはキッチンが狭いから、火を使うメニューの種類を増やせなくてね」

「……そう、ですか」

残念ながら望んだ答えは返ってこず、平静を保つ御堂を他所《よそ》に、爽良はがっくりと肩を落とした。

オーナーは申し訳なさそうな表情を浮かべ、爽良たちの前に出来上がったパスタを並べる。

「がっかりさせたみたいですまないね……。これを食べて、元気になってくれるといいが」

「す、すみません。……では、いただきますね」

「ぜひ、温かいうちに」

レシピについては確かに残念だったけれど、爽良の関心はすぐに目の前のパスタに移り、早速それを口に運ぶ。――瞬間、思わず礼央と顔を見合わせた。

見た目はごくシンプルなトマトソースパスタだというのに、一瞬言葉を失ってしまうくらいに美味しかったからだ。

爽良はふた口目をゆっくりと味わった後、思わず溜《た》め息をつく。

「美味しい……」

無意識に零《こぼ》れた感想に、オーナーは嬉しそうに笑った。

「それはよかった。なにせ、美代子さんは天才だから」

「ですが、やはり作る方によるかと……」

「嬉しいことを言ってくれるね」

「すみません、生意気を言いました」

「いいや、ありがとう。ただ、彼女が天才なのは事実なんだよ」

「私はお会いしたことがないのですが、……本当に、本当に、信じられないくらい美味しいです」

「そんなに褒められたら、きっと彼女も天国で喜んでいるだろう。……ところで、君らはパンケーキのレシピを探してるのかい？」

ふいに話が戻り、爽良に代わって御堂が頷く。

「ええ。よく作ってもらっていたのはローズマリーが入ったパンケーキなんですけど、どうしても同じものを作れなくて。なので、どこかにレシピが残っていないか探しているんです」

「なるほど。しかし、ローズマリーが入ったものとは珍しいね。確かに彼女の家の庭は、ローズマリーだらけだったけれど」

「家を、ご存じなんですか？」

そう問いかけた御堂の声は、緊張からかわずかに強張《こわば》っていた。

かたや、オーナーはあっさりと頷く。

「昔はしょっちゅう招かれていたからね。ちなみに、今は彼女の甥《おい》夫婦が住んでいて、彼らもこの店の常連だよ」

「甥っ子さんたちが今、美代子さんの家に？」

「ああ。美代子さんは親戚《しんせき》どころか兄弟とも疎遠だったらしく、葬式すらあげていないそうだが……、自宅は彼女名義の持ち家だったから、後の話し合いの末に結局お兄さんが相続したとかで」

それは、一度は消えたはずの希望がふたたび復活した瞬間だった。

疎遠だったとはいえ今も美代子の血縁者が住んでいるのなら、遺品が残っている可能性はゼロではない。

御堂も同じことを考えたのか、いつになく高揚した様子だった。

「その家の場所を教えていただくことはできないでしょうか？」

おそらく想定外の食いつきに驚いたのだろう、オーナーは少し動揺した様子を見せながらも、エプロンのポケットから携帯を取り出した。

「なら、先に私から連絡してみるよ。さっきも言ったが彼は常連だし、プライベートでも付き合いがあるから連絡先を知ってるんだ。なんなら奥さんの携帯まで知ってるよ。なにせ、彼はここでしょっちゅう酔い潰《つぶ》れるしね」

「そこまでしていただいていいんですか？」

「もちろん。思っていたよりもずっと切羽詰まっているみたいだし、いきなり訪ねるよりスムーズだろうから」

オーナーはそう言うと、早速電話をかけはじめる。

営業中だというのに嫌な顔ひとつしない心の広さから、根っからの世話焼き気質であることが窺《うかが》えた。

おそらく、この辺りで長く営業してこられた理由は味だけではないのだろうと爽良は思う。

やがてオーナーは短い電話を終えると、カウンターの紙ナプキンを取ってそこに手早くなにかを書き、御堂の前に掲げた。

見れば、記されていたのは、「吉岡浩司《こうじ》」という男性の名前と、この店を起点とした簡単な地図。

「ここが彼の家だから、早速行ってみるといい」

あまりに早すぎる展開に、御堂は紙ナプキンを受け取りながら心配そうに瞳《ひとみ》を揺らした。

「ありがとうございます。……でも、急に訪ねたいなんて言って、怪しまれませんでした？」

一方、オーナーはさもなんでもないことのように笑う。

「いや、彼はそもそも酔うたびに知り合いが増えるようなタチだし、私の紹介ならなおのこと、警戒なんてしないよ。彼は在宅で仕事をしているから、時間はいつでもいいと言っていたけれど、この後行くかい？」

「ええ、助かります。ありがとうございます」

「だったら、申し訳ないんだけれど、ひとつ頼まれてくれないかな。彼から注文を請けていたワインを持って行ってほしくて」

「え？……ええ、それは、もちろん」

「ありがとう、どうかよろしく伝えてくれ。まぁどうせ、すぐに会うだろうが」

「は、はい。必ず」

まるで昔からの知り合いのような扱われ方に、御堂はいつになく戸惑っていた。

御堂も本来は、あくまで表面上とはいえ人との距離感が異様に近いタイプだけれど、オーナーに関してはもはやレベルが違う。

このご時世においてとても珍しいタイプだが、爽良たちにとっては幸運でしかなかった。

　やがてパスタを食べ終えた爽良たちは、深々と頭を下げて店を後にする。

　その頃には店内の半分は客で埋まっており、そのほとんどがオーナーと気さくに挨拶《あいさつ》を交わしていた。

「……渋谷のど真ん中に、あんなアットホームなお店があるんですね」

　その後、もらった地図を頼りに歩きながらそう呟《つぶや》いた爽良に、御堂はやれやれといった様子で肩をすくめた。

「ど真ん中って言っても、この辺りは古くから住んでる人が多いしね。にしても、かなり希少だとは思うけど」

「美代子さんも、あの輪の中に馴染《なじ》んでいたんでしょうか」

「まあ、彼女も負けず劣らず世話焼きだから。それに、昔はもっと明るかったんだろうし」

　昔とはおそらく、オーナーも言っていた通り、美代子が娘を亡くしてしまう前のことを指すのだろう。

　オーナーとの出会いは、美代子の幸せだった頃の日々をリアルに想像させ、少し胸が痛んだ。

　つい黙り込んでしまった爽良の背中に、礼央がぽんと触れる。

「複雑なのはわかるけど、想像してた以上の収穫が得られたんだから、ひとまず喜ぼうよ」

「そう、だよね」

「本来なら、まず家の場所を特定した上で、他人の手に渡ってた場合は過去の所有者を調べるっていう面倒な作業をしなきゃいけなかったわけだし」

「……確かに」

礼央の言葉はもっともだが、あまりにもスムーズにことが運びすぎているせいか、爽良の感情はなかなか追いつけずにいた。

それだけでなく、カゼッタのオーナーと話す中で、自分たちが追っているのはただのレシピではなく、一人の人間の軌跡そのものなのだという重さも痛感していた。

もっと言えば、これから美代子の甥を訪ねることで、さらに新たな一面を知ってしまう可能性もある。

そうやってみるみる緊張を膨らませる爽良を他所《よそ》に、御堂は紙ナプキンの地図と携帯のアプリを照らし合わせながら、入り組んだ道を躊躇《ためら》いなく進んだ。

そして、店を出てからものの十分もしないうちに、広い庭を持つ二階建ての家の前で足を止める。

「ここが、美代子さんの……？」

「表札はないけど、多分」

御堂は地図を注意深く確認した後、門に設置されたインターフォンを押した。

少し音割れした電子音が、静かな通りに長い余韻を響かせる。

やがて、インターフォンから「はい」と男性の声で応答があり、御堂が答えようとした、そのとき。

「あ、カゼッタを訪ねた人たちでしょ？　すぐに玄関を開けますね」

名乗る隙もなくそう言われ、音声がブツリと切れた。

あのオーナーと仲が良いと聞いた時点でなんとなく想像はしていたけれど、やはり同じ類《たぐい》の人柄らしいと爽良は思う。

「気さくだねぇ。友達多そう」

御堂も同じことを考えていたのか、そう言って苦笑いを浮かべた。

かたや、タイプ的に真逆の礼央は、いかにも面倒臭そうに眉《まゆ》を顰《ひそ》める。

「いくら知り合いを介したとはいえ、こんな怪しい三人組がいきなり訪ねてきたら、もっと警戒すべきだと思うけど」

遠慮のない言い方だが、正直、爽良の考えもどちらかと言えば礼央寄りだった。

そんな中、ふいに玄関から四十代くらいの男性が顔を出し、爽良たちに屈託のない笑みを浮かべる。

「こんにちは。叔母《おば》のお知り合いなんですって？」

おそらく、浩司本人だろう。その態度や表情には、予想した通りいっさいの警戒心が感じられなかった。

それどころか、御堂が言付かったワインの袋を見て目を輝かせ、門まで駆け寄ってくる。

「あ、それって入荷したやつですよね？　届けてもらってすみません！」

「い、いえ。では先にお渡ししておきます」

普段飄々《ひょうひょう》としている御堂がこうも戸惑う姿は珍しい。

爽良もまた、その異様なまでの人懐っこさに驚きながらも、これなら店で酔い潰れて
妻に連絡をされる姿が容易に想像できると、密《ひそ》かに納得していた。

一方、浩司はワインを袋から出してしばらく嬉《うれ》しそうに眺めた後、突如我に返ったよ
うに御堂を見つめる。

「そうだ……、僕まだ名乗ってもいなかったですよね、すみません。吉岡浩司といいま
す！」

「いえ、こちらこそ、自己紹介が遅れてすみません。生前の美代子さんにお世話になり
ました、御堂吏《つかさ》と申します。彼らは付き添いで、鳳《おおとり》さんと上原くんです」

ややこしい説明を避けるためか、御堂は爽良たちを付き添いと紹介した。

浩司はとくに訝《いぶか》しむ様子もなく門を開け、早速三人を玄関の方へと促す。

「それで、叔母のことでなにか聞きにきたんですよね？　よかったら中へどうぞ」

「いえ、そんな。ここで十分です」

「いやいや、寒いから！」

浩司は困惑する爽良たちを置いて先に玄関へ戻り、玄関の戸を大きく開いたままニコニコと待ち構えていた。

もともとこういう性格なのか、もしくはカゼッタのオーナーに対する絶大な信頼によるものなのかわからないが、ここまでされると断れず、結局爽良たちは招かれるまま敷地に足を踏み入れる。

門を入った瞬間真っ先に目に留まったのは、庭のかなりのスペースを占めている家庭菜園。

着いたときから敷地の広さに驚いていたけれど、土地相場の高い渋谷区でこの規模の家庭菜園はかなり贅沢《ぜいたく》だと、爽良はしみじみ思った。

すると、爽良の視線に気付いたのか、浩司が嬉しそうに庭の奥を指差す。

「冬は花が咲かないからちょっと寂しいですけど、今はほうれん草と小松菜を植えてるんですよ。あと、プランターにはカブも植えてるし、屋内でも、いろいろ育ててるんです」

「そ、そうなんですね……」

「もともと土いじりが趣味なので。まぁ叔母が住んでた頃の庭はハーブだらけだったんですけど、僕らじゃ上手《うま》く使えないから野菜に変えました」

「美代子さんが住んでた頃、ですか」

サラリと美代子の話題が出て、真っ先に反応したのは御堂だった。

浩司は昔を懐かしむように目を細める。

「はい。お知り合いなら知ってると思いますけど、あの人ってほんと、生粋の料理オタクでしょ？」

「……ええ、作ってくれるのは名前も知らない料理ばかりでした。でも、どれもすごく美味《おい》しかったです」

「いいなぁ。叔母は僕の父とあまり良い関係じゃなかったから、僕自身は、あまり料理を作ってもらったことがないんですよね。僕は渋谷の学校に通っていたので、こっそり押しかけてましたけど。早苗《さなえ》ちゃんとも交流があったし」

「……娘さんですか」

「はい。彼女が亡くなってからは叔母がすっかり塞《ふさ》ぎ込んでしまって、ほとんど会えなくなっちゃったけど。……でも、それ以降も御堂さんたちとは交流があったんですね。なんだか、ほっとしました。叔母が孤独じゃなかったなら、よかった」

それは、浩司がいかに美代子に懐いていたかが伝わる、温かい言葉だった。

御堂もまた、硬かった表情をわずかに緩める。

「そうですね。美代子さんは僕の知人と親しかったので、毎週会っていました。……ちなみに、失礼を承知で伺いたいのですが、美代子さんが浩司さんのお父さんと良い関係じゃなかった理由を伺っても」

「ああ、別にたいした理由じゃないですよ。っていうのは、叔母は自由人ですし、昔から海外を飛び回っていたらしくて。かたや父は長男として堅い仕事に就いたので、キッカケは単純な嫉妬《しっと》です。おまけに、叔母が早くに亡くした旦那《だんな》さんが資産家で、この家も含め結構な遺産を相続したって話を聞いてから、余計に嫉妬をこじらせてしまって。なにせ、うちは同居する祖父母の介護で大変だったし、ずっと羨《うらや》ましかったんでしょうね」

「なるほど。気持ちはわかりますが……」

「でも、僕はそんなこととは無関係に叔母のことが好きでしたから、相続権を持つ父がこの家を売却しようとしていたときに、自分が住みたいって頼んだんです。それまでは、いずれマンションを買う予定で狭い賃貸に住んでたんですが、相続云々《うんぬん》の話を聞いた途端、なんだか叔母のような生活を真似してみたくなって、うずうずしてきて。都会のど真ん中で家庭菜園なんて、贅沢ですし。それに、できるだけ叔母の家をそのまま残したかったから」

「そのまま、ですか」

「もちろん、古い家なのでそれなりのリフォームはしてますけど。……というか、そろそろ中へ入ってください。僕が寒いんで！」

話の続きは気になったけれど、見れば浩司はずいぶん薄着で、爽良たちは慌てて玄関に入り戸を閉めた。

改めて家の中を見ると、さっき聞いた通り、いたるところにプランターが並び、中には、鳳銘館の庭で見覚えのあるような植物もあった。

浩司は三人をリビングに通すと、早速キッチンへ行き、寒そうに指先を擦《こす》りながら電気ケトルのスイッチを入れる。

まさか家の中に通してもらえるなんてまったく想定していなかった爽良としては所在ない気持ちだったけれど、一方で御堂は、どこか懐かしそうに、部屋の中を見回していた。

「御堂さんは、ここに来たことはないんですよね……？」

不思議に思って尋ねると、御堂は我に返ったように瞳《ひとみ》を揺らす。

「ああ、うん、もちろん。ただ、なんとなく、美代子さんの気配があるような気がして。……気配っていうより、多分、匂いなんだろうけど」

「……なるほど」

妙に納得できたのは他でもない、爽良もまた、鳳銘館でごく稀《まれ》に、庄之助の気配を感じることがあるからだ。

十年以上も庄之助と会っていなかった爽良ですらそういうことがあるのだから、御堂はなおさらだろう。

しかし、御堂はさほどそれに浸ることなく、浩司がキッチンから戻ると同時に、早速質問をはじめた。

「ところで、不躾《ぶしつけ》なのですが、美代子さんの遺品で、なにか残っているものはありませんか？」

早速の核心に触れる問いに、爽良の心臓がドクンと揺れる。

しかし、浩司は少し考えた後、曖昧《あいまい》に首を捻《ひね》った。

「いや……、叔母《おば》は自分の病気のことをわかっていたようで、そもそも私物自体がほとんど残っていなかったんですよ。さっきも言った通り、僕の父をはじめ、後のことを頼める親戚《しんせき》なんていなかったんでしょうから、家の中は最初からスッキリしていました。生前から、片付けていたんだと思います」

「……そうですか」

ある程度予想していたとはいえ、やはりそうかと全員が肩を落とす。

その反応が気になったのか、浩司は小さく瞳を揺らした。

「ちなみに、なにか遺《のこ》してほしかったものがあるんですか？」

「ええ。実は、美代子さんのレシピを探しているんです。そもそも、レシピ自体が存在するかどうかすら不明なのですが、どうしても作り方を知りたい料理があるんです。パンケーキなんですけど」

「パンケーキか……。残念ながら、僕は食べたことがないな……」

「すみません、変なことを聞いて」

「いえ、そんな。……というか、そもそも叔母は料理の創作が好きで、レシピを見ながら料理してるところなんて見たことがないんですよね。庭に植えていた野菜も、しょっちゅう変わっていたし。中には、見たこともないような珍しい野菜もあって」

「いかにも美代子さんらしいですね」

「本当に。ただ……、じゃがいもだけは毎年必ず植えていて、大量に収穫してましたけど」

「じゃがいも？」

「はい。……今になって考えると、保存がきくとはいえあんな量をいったいなにに使ってたんでしょうね。結構複雑な料理が多かったから、使うとしてもきっと原形を止《とど》めてないものばかりだったんだろうけど」

「…………」

「どうかしました？」

「……いえ」

御堂が急に黙ったことに違和感を覚えたのは、爽良も同じだった。

とはいえ、じゃがいもから思い当たることなどなく、後で聞いてみようと、爽良はひとまず胸に留《とど》める。

すると、浩司がふいになにかを思い出したかのように、リビングのガラス戸沿いに並ぶプランターを指差した。

「そうだ、遺品ってわけじゃないけど、あのローズマリーは叔母の代からあったものですよ。ハーブはほとんど処分したけど、ローズマリーだけは僕らにも使えるので残してます。よかったら持って帰ります？」

そう言って返事を待たずに立ち上がる浩司を、御堂が慌てて制す。

「いえ、うちの庭でもかなり採れますので」

すると、浩司はふたたび椅子に腰掛けながら、可笑《おか》しそうに笑った。

「もしかして、お宅のローズマリーも叔母が植えたんじゃないですか？　カゼッタもそうなんですけど、叔母の居場所には大概植えられてるんですよね」

「確かに。うちのは地植えですし、裏庭なんかはすっかり侵食されていて」

「はは！　ローズマリーは生命力が強いし、放っておくとあっという間に増えますよね。だから、手をかけられないなら地植えしない方がいいってよく言われました。ただ、それでも地植えしたってことは、叔母は御堂さんのお宅によほど居心地のよさを覚えていたんでしょうね。毎週会っていたと聞きましたが、彼女は自分が目をかけられない場所に地植えなんてしなそうだし」

「……そうかもしれません」

裏庭にローズマリーを植えたのはおそらく依だが、わざわざ説明する必要はないと考えたのか、御堂は曖昧に返事をする。

そんな中、爽良の頭の中では、浩司がなにげなく口にした「自分が目をかけられない場所に地植えなんてしなそう」という言葉が強く余韻を残していた。

目をかけないとどんどん庭を侵食していくローズマリーの特性と、依が美代子に持っていた強い執着心や、目をかけてほしいという強い思いに、なんとなく共通するものを感じたからだ。

良くない勘繰りだと思いながらもなんだか動悸《どうき》がして、爽良はゆっくり息を吐いて気持ちを落ち着かせる。

そのとき、キッチンの電気ケトルが小さな電子音を鳴らし、浩司が慌ててキッチンに向かった。

しかし、御堂はふいに立ち上がり、コーヒーの缶を手に取る浩司を遠慮がちに制す。

「せっかくですが、僕らはそろそろお暇《いとま》します。急に訪ねたにも拘《かかわ》らず、親切にしていただいてありがとうございました」

「え？　今、温かいものを淹《い》れようと……」

「お気持ちだけいただきます。実はこの後、少し用がありまして」

「そうなんですか……？　だったら、強引に上がらせてしまって申し訳なかったな。つい、普段の調子で……」

「いえ、嬉《うれ》しかったです。この家は美代子さんの雰囲気を感じますし」

「なら、いつでも来てください。そうだ、今度カゼッタで叔母の思い出話でもしましょうよ。父とはそんな話できませんし、僕ももっと叔母の話を聞きたいので」

「ええ、是非。……では、お邪魔しました」

御堂は頷《うなず》き、リビングを出る。

爽良は慌ててその後を追いながら、唐突に帰ると言い出した御堂の行動を不思議に思っていた。

そもそも御堂という人間は、よくも悪くも自らの体裁を繕うのが上手く、少なくとも初対面の相手の好意を無下にするようなタイプではない。

もちろん、コーヒーを呑《の》む間を惜しむ程の用事があるなんて話は聞いておらず、それが建前であることは聞くまでもなかった。

礼央も同じことを思っていたのだろう、爽良と目を合わせ、小さく首をかしげる。

ただ、ここでその話をするわけにはいかず、爽良たちはひとまず御堂に調子を合わせ、浩司にお礼を言って美代子の家を後にした。

「――用事ってなに？　ってか、あの人のこと嫌いなの？」

ある意味当然というべきか、家を出た瞬間に礼央が口にしたのは、ずいぶんダイレクトな疑問。

御堂は苦笑いを浮かべ、小さく首を横に振る。

「まさか。警戒心がなさすぎるところはちょっと心配だけど、いい人だと思うよ」

「ふうん。でも、用事って嘘でしょ」

「いや、嘘ってわけじゃなく、ちょっと寄りたいところを思いついて」

「どこ？」

「付き合わなくていいよ。通りに出たら別行動にしよう」

「どこ、って聞いてるんだけど」

「まあ、いいじゃん。まだ曖昧な状態で言いたくないし」

「曖昧な状態？　あんた、なに企《たくら》んでんの？」

「人聞き悪いなぁ」

礼央は問い詰めるが、どうやら御堂に答える気はないらしい。

ただ、そんな最中に爽良の頭の中を過《よぎ》っていたのは、それとは別の疑問だった。

「……あの家、美代子さんの気配がまったく残ってなかったな……」

ちなみに爽良の言う気配とは、御堂が匂いから感じ取った余韻のようなものではなく、爽良だけに感じられる残留思念のことだ。

説明するまでもなく伝わったのだろう、御堂が瞳《ひとみ》を揺らした。

「気配って、鳳銘館に漂ってるような？」

「はい。ご自宅では少しも感じられなくて」

「って言うけど、残留思念自体かなり珍しいんだから、そんなにいろんな場所に散らばってたりしないでしょ」

「でも、……考えてみると、美代子さんに関しては、残留思念以外もどこにも魂は見当たりませんよね」

「鳳銘館ですら出会わないんだから、浮かばれたってことだよ」

「浮かばれた……」

その言葉で、爽良の胸がふいにざわめく。

同時に、薄々感じていた疑問が一気に心の中で存在感を増した。

「あの、それなんですけど、……そもそもの話、美代子さんは本当に浮かばれたんでしょうか」

「は……？」

「私が裏庭で視た過去の記憶の中では、依さんが美代子さんにかなり依存してるように見えましたし、……依さんが、――人の魂を自由に扱うあの依さんが、美代子さんを簡単に成仏させるなんて、逆に不自然に思えて」

その瞬間、御堂の瞳が動揺に揺れた気がした。

おそらく、依のことをよく知る御堂としては、否定できないと考えたのだろう。――そして。

「――つまり、美代子さんの魂は、今も依さんの手元にあるんじゃないかってこと？　前に、紗枝《さえ》ちゃんを捕まえたときみたいに」

礼央が冷静にまとめた途端、仮説がたちまち真実味を帯びた。

御堂はいつになく落ち着かない様子で目を泳がせる。

「いや、当時は庄之助さんがまだ生きてたし、そんなことさせないと思う……んだけど、二人の関係の深さについては俺も知らなかったし、庄之助さんもどこまで把握してたか……。そもそも、庄之助さんは結果的に依のことはなにもできず死んじゃったわけだし、可能性としてはゼロじゃないのかも……」

ひとり言のような呟《つぶや》きを聞きながら、爽良は体がじわじわと冷えていくような感覚を覚えていた。

「御堂さん、……万が一、その可能性があるなら、美代子さんを解放してあげないといけないのでは……」

「いや、あくまでゼロじゃないってだけで、さすがに……」

「でも、ゼロではないんですよね……？」

「……それは」

「御堂さん……」

「……確認する必要は、あるね」

そう言った御堂の表情からは、強い緊張が伝わってきた。

「……私も、そう思います」

爽良も落ち着かない気持ちで頷く。

しかし、わずかな沈黙を置いた後、御堂は突如大きく息を吐き、纏《まと》っていた緊張感を緩めた。

「……ってことは、結局、依の居場所を捜さないとどうにもならないってことが確定したってことだね。……できるだけ安全な方から核心に迫ろうと思ったのに、なかなか上《う》手《ま》くいかないもんだな。レシピも見つからなかったしさ」

「御堂さん……」

「ま、今焦ったって仕方がないんだから、そんなに暗い顔せず地道にやろう」

「…………」

気を遣っているのだろうと、すぐにわかった。

なにせ、ついさっき御堂は美代子を第二の母と表現したばかりであり、そんな美代子の魂が依の手元にある可能性が出てきた今、地道にやろうなどという心境になるはずがないからだ。

ただ、焦っても仕方がないことは事実であり、爽良はもどかしい気持ちで視線を落とした。

そして、ようやく八幡《はちまん》通りを越えて代官山《だいかんやま》に差しかかった頃、御堂はさっき話していた通り、別行動すると言ってあっさりと立ち去って行った。

気付けば、辺りはすっかり見慣れた景色に移り変わっていて、爽良の心がわずかに緩む。

それと同時に、知らず知らずのうちに代官山は自分にとって落ち着く場所になっていたようだと、不思議な気持ちになった。

礼央もまた、ずいぶんリラックスした様子で伸びをする。

「……なんか、ここまで来ると、帰ってきたって感じするわ。住めば都って言うけど、慣れるもんだね」

その、まるで思考を覗《のぞ》かれていたのではないかと思うような呟きに、爽良は思わず笑った。

「私もたった今、同じようなことを考えてたよ」

「代官山は落ち着くなぁって？」

「うん。鳳銘館に住む前は、自分がいずれそんなことを思うなんて夢にも思わなかったから、不思議。むしろ、こんなお洒落《しゃれ》な街だときっと浮いちゃうんだろうなって怯《おび》えてたくらいなのに」

「ま、お洒落とかそういうのって、街のひとつの側面でしかないし、生活圏内になれば偏ったイメージは勝手に消えていくものなのかもね。そういう意味では、どこに住もうと別に一緒なんじゃないかな。代官山だろうが六本木《ろっぽんぎ》だろうが、パリだろうがロスだろうが」

「さすがに飛躍しすぎじゃない？」

「そうかな。名前に萎縮《いしゅく》してるだけで、住めば普通になりそうだけど」

「いくらなんでも、パリやロスは無理だよ」

「そう？」

そのとき、ほんの一瞬だけ、礼央の瞳が揺れた気がした。

普段通りの戯《ざ》れ事のつもりで話していた爽良の心に、ふと不安が過る。しかし。

「……礼央、どうかした？」

「ん？　なにが？」

衝動に駆られて口にした問いは、隙のない笑みにあっさりと流されてしまった。

「……ううん。なんでもないなら、いいんだけど」

「それより、寒いからなにか飲み物買わない？」

「そう、だね」

会話はすぐに元の軌道に戻ったけれど、爽良はなんとなく違和感を拭《ぬぐ》えないまま、ひとまず調子を合わせる。――そのとき。

背後から突如、かすかな視線を感じた。

しかし、咄嗟《とっさ》に振り返って視線を彷徨《さまよ》わせても、とくに気になるようなものは見当たらない。

とはいえ、いい加減自分の鋭さを自覚している爽良には、簡単に気のせいだと流すことができなかった。

「ねえ、礼央……」

見上げると、礼央は眉間《みけん》に皺《しわ》を寄せる。

その反応から察するに、礼央もなにかに気付いたらしい。

「爽良もなにか感じた？」

「やっぱり、なにかいたよね……？」

「多分。ただ、普段の爽良なら全然気付かない程度の、めちゃくちゃ弱い気配だったけど」

「そんなに気にする程じゃないってこと？」

「でも、それでも気付いたってことは、そいつ、爽良のことを見てたのかもね」

「……………」

怖いことをサラリと言われ、背筋がゾッと冷える。

そして、こういうときは早めに撒《ま》くに限ると、歩調を速めた。

というのは、しつこく追ってくる霊というのは案外少なく、距離さえ開けてしまえばほとんどの霊が諦《あきら》めてくれることを、経験上知っているからだ。

当然ながら、相手の気配が弱ければ弱い程、逃げ切れる確率は上がる。

今回もおそらくその部類だろうと、爽良はあくまで気付いていないフリをしながら、鳳銘館に続く坂道を上った。

実際、それ以降背後に気配を感じることはなく、爽良は逆に拍子抜けしながらも、しばらく歩いてから背後を確認し、ほっと息をつく。

かたや、礼央は怪訝《けげん》な表情を浮かべた。

「さっきの、なんか変じゃなかった？」

「変って？」

「いつも爽良を狙ってくるような霊に比べて、あまり不穏な感じがしなかったっていうか」

「不穏じゃないって、そんなことある？　礼央が気付いたってことは、生き霊や残留思念じゃないんだろうし……」

「まあ、そうなんだけど。でも、なんかいつもと雰囲気が違ったんだよね」

「雰囲気……？」

「うん。ちょっと気になる」

礼央が霊に対してこんなことを言い出すのは珍しく、なんだか胸騒ぎがした。

爽良は少し迷った後、礼央を見上げる。

「なら、少し戻ってみる……？」

それは、普段なら考えもしない提案だった。

ただ、どうも釈然としていない様子の礼央を見ていると、このまま帰る気にもなれなかった。

礼央はしばらく黙って考え込み、かと思えばいきなり爽良の手を取る。

「じゃあ、手、繋《つな》いでていい？　過去に経験のない気配だし、万が一のことがあったときは、すぐに連れて逃げられるように」

「わ、わかっ……た」

わかりやすく声に動揺が滲《にじ》んだけれど、今はそんな場合ではないと、爽良は慌てて自分に言い聞かせた。

一方、礼央はいたって冷静に、来た道をゆっくりと戻りはじめる。

そして、ものの十数メートル引き返したあたりで、ふと足を止めた。

「……ど、どうしたの？」

現時点ではなんの気配も感じなかったけれど、急に止まられ、一気に緊張が込み上げてくる。

礼央は意味ありげな沈黙を置いた後、ゆっくりと口を開いた。

「気配があるっていうか」

「いうか……？」

「わかんないんだけど、……あれ、なんなんだろう」

礼央がここまで戸惑いを露《あら》わにすることは、滅多にない。

爽良は不思議に思い、礼央が指差す方向に視線を向けた、――瞬間。視線のずっと先でかすかに動く、奇妙なものが目に入った。

それは、パッと見は拳《こぶし》大の茶色い塊だが、よく見れば四足歩行の動物のような形をしており、ただの突起のような脚をぎこちなく動かしながら、爽良たちの方へ向かって動いている。

姿も動きもかなり珍妙だが、爽良はその姿を見た途端、不思議な既視感を覚えた。

「爽良、……俺には、馬の埴輪《はにわ》が動いてるように見えるんだけど」

それはまさに、礼央の呟《つぶや》きの通り。

爽良の頭に浮かんでいたのも、学生時代に教科書などで見た馬の埴輪だった。

「でも、なんで埴輪がこんな……」

わけがわからず、爽良は呆然《ぼうぜん》と立ち尽くす。

そのとき、自転車に乗った女性が埴輪を見て小さく悲鳴を上げ、逃げるように走り去って行った。

途端に、礼央が険しい表情を浮かべる。

「あれ、普通の人にも見えてるってことだよね」

「実体があるっぽい、けど……」

「実体もなにも、あれってどこかの地域の工芸品だよね。……中に、なにかが入って動かしてる、ってこと？」

「なにか……」

礼央の言う〝なにか〟とは、おそらく魂か念。

とはいえ、爽良はこれまで、物体に宿って白昼堂々と動き回る霊になど、一度も遭遇したことがなかった。

とても普通の現象とは思えず、たちまち胸騒ぎを覚える。

そのとき。

「思うんだけど、ああいうことができる人ってさ」

「……うん」

「多分、そう多くはいないよね」

「……………」

言い方は曖昧《あいまい》だが、礼央が誰を指しているのかは、聞くまでもなかった。

爽良の頭に浮かんでいたのは、もちろん依。魂を道具のように扱う依ならば、物に込めて動かすくらい造作もないだろうと。

「じゃあ、……あれって、依さんから私への、なんらかのメッセージだったり……」

「わかんないけど、あり得なくはないかも」

それは、できるだけ依と関わりたくないと思っていたこれまでの爽良なら、迷いなく逃げるべき状況だった。

しかし、依の居場所を捜している今は、無視するわけにいかなかった。

「そうだとして、あの中には誰の魂が……」

「少なくとも、美代子さんではなさそうだね。美代子さんは爽良と面識がないし、ここまでして爽良に執着する動機もない」

「だけど、私と庄之助さんを間違えてる可能性もあるよね……？　紗枝ちゃんも最初はそうだったし」

「それは、……一理あるか。とりあえず、もう少し近寄ってみよう」

礼央はそう言うと、埴輪との距離を少しずつ詰める。

そして三メートル程手前で止まり、姿勢を下げて埴輪をまじまじと観察した。

少し冷静になって改めて目にした埴輪は、動きさえしなければただの工芸品でしかなく、礼央が言うように不穏な感じもなければ、そもそもの気配自体がかなり小さい。

「やっぱり、残留思念に似てる……」

ついさっきその考えを否定したばかりだが、観察すればする程、爽良にはそうとしか思えなかった。

「残留思念って、こういう感じなの？」

「私も多くを知ってるわけじゃないけど、近いと思う。もしかして、礼央にも残留思念の気配がわかるようになったとか……？」

「いや、さすがにそんな簡単なものじゃないでしょ。それに、こいつからは、話に聞いてた残留思念からは考えられないくらいの、強い意志みたいなものを感じるし。……案外、自らの意志でこの埴輪の中に入ったのかも」

「自ら？　なんのために……？」

「たとえば、誰かの気を引こうとしてるとか。実際、関係ない通行人にも認識できてるわけだし」

「でも、誰かの、って」

「そこまでは。でも、その相手に残留思念が視えるって知ってるなら、わざわざこんな妙なことする必要ないよね」

「少なくとも、私ではないってこと？」

った。

礼央はそう言うが、実際、埴輪はそれ以降、爽良に対して過剰に反応する様子はなかった。

むしろ、埴輪はもはや爽良たちの存在など眼中にないとばかりに、ぎこちない動きでひたすら坂を上り続ける。

「この様子だと、最初に爽良のことを見てたのは、やっぱり庄之助さんの気配を感じたからって説が濃厚かもね。……つまり、こいつの中身は、庄之助さんを知ってるってことか」

「誰なんだろう……」

「さあ。誰もなにも、たまたま依さんにおもちゃにされた可哀想な残留思念のひとつかもしれないけど」

「……………」

怖ろしいことを言いながらも、礼央はすでにすっかり警戒を解いた様子だった。

おそらく、間近で観察した上で、さほど警戒するに足らない相手だと判断したのだろう。

とはいえ、こんな怪しいものを、このまま放っておくわけにはいかなかった。

「この埴輪、どうする……？」

尋ねると、礼央はしばらく考え込み、ポケットから携帯を取り出す。

「とりあえず、碧さんに聞いてみようか」

「そうだね、それがいいかも」

碧なら的確な対処をしてくれるだろうと、爽良は礼央の提案に頷《うなず》いた。——しかし、礼央が通話ボタンをタップする寸前、埴輪は突如ピタリと動きを止め、気配を綺麗《きれい》に消し去ったかと思うと、道路に力なくゴロンと横たわった。

それと同時に、前脚が胴体からボロッと崩れ落ちる。

その姿はやけに物哀しく、なんだか胸が締め付けられた。

かたや、礼央はわずかな沈黙の後、携帯をふたたび仕舞い、やれやれといった様子で溜《た》め息をつく。

「……埴輪の方に無理が出たのかもね。そもそもこいつ、自由に歩けるような構造じゃないし」

礼央が言う通り、埴輪の断面は素焼きの陶器のような材質であり、あまり丈夫そうには見えなかった。

ただ、そのときの爽良がもっとも気になっていたのは、中で埴輪を動かしていた気配の行方だった。

「気配、どこかに消えちゃった……」

「俺は、埴輪が止まった時点ですでに見失ってる」

「私にも全然追えなかったけど、気配に敏感な礼央が見失うってことは、やっぱり残留思念だったのかもね……」

「どっちにしろ、もう放っておこう。たいした危険はなさそうだったし、今はこういう変なのに構ってる場合じゃないから」

「……うん」

正直気にはなったけれど、動かなくなってしまった以上もはや追及のしようがなく、爽良は頷く。

しかしなかなか気持ちを切り替えられず、壊れた埴輪にそっと手を伸ばそうとすると、礼央が咄嗟《とっさ》に爽良の腕を引いてそれを制した。

「触らないで。……万が一なにかが残ってたら面倒だから」

「そ、そうだよね。……ごめん」

「道の端に寄せて、帰ろう」

「……うん」

爽良が頷くと、礼央は爽良の手を強く握りなおし、なにごともなかったように帰路を辿《たど》る。そして。

「っていうか、さっきの御堂さんかなり怪しかったけど、どこにいったんだろうね」

爽良に余計なことを考えさせないためか、礼央にしてはやや強引に話題を変えた。

「そういえば、浩司さんと話してたときに、なにかを思いついたみたいな反応してたけど……」

「確かに。……まあ、俺にはまったく察しがつかないけど」

「……私もだよ」

礼央の話題に合わせながらも、正直、爽良の頭の中には、今もまださっきの埴輪《はにわ》が居座っていた。

明らかに異常な出来事であり、心底気味が悪いと思っているのに、なにかを必死に求めているかのような哀しげな姿が妙に印象的だったからだ。

依と関係している可能性がある以上、安易に心を寄せるべきではないとわかっているが、心が勝手に動いてしまう。

しかし、そうこうしているうちに鳳銘館に帰り着き、爽良は一旦《いったん》この混沌《こんとん》とした心をロンディに癒《いや》してもらおうと、庭を見回しその姿を探した。

どんなに寒い日でも外を好むロンディは、爽良の予想通り、すぐに東側の庭の奥から姿を現し尻尾《しっぽ》を大きく振る。――しかし。

「ロンディ……？」

いつものように駆け寄っては来ず、爽良は首をかしげた。

すると、礼央がふいにロンディの背後を指差す。

「なんか、紗枝ちゃんが警戒してるけど」

「え……？」

そう言われて目を凝らすと、確かにロンディの背後にはぼんやりと浮かび上がる紗枝

いる。

ただ、紗枝はどこか不安げで、ロンディに隠れるようにして爽良たちの様子を窺《うかが》っている。

の姿があった。

「どうしたの……？」

尋ねたものの、返事はない。

なにごとかと爽良が戸惑っていると、礼央が小さく肩をすくめた。

「やっぱり、さっきの埴輪には依さんが関係してるっぽいね」

「え……？」

「あの子があんなに怯《おび》える相手なんて、依さん以外にいないでしょ。……俺も爽良もまあまあ埴輪に接近したし、依さんを異常に警戒してる紗枝ちゃんにはなにか感じるものがあるのかも」

「…………」

それは、とても納得できる話だった。

紗枝は依をもっとも怖がっているし、酷《ひど》く警戒している。

そうなると、なおさら埴輪の中身の正体が気になってくるが、考えたところでわかるはずもなく、爽良は紗枝を手招きする。

「大丈夫だよ。依さんはいないから」

自分で口にした〝依はいない〟という言葉が、なんだか心をざわつかせた。

同時に、――ひたすら増え続けてばかりの謎の終着地点には、やはり依がいるのだろう、と。

自分が向かうべき方向が、より明確になったような感覚がした。


御堂が帰ってきたのは、それから三時間後のこと。

というより、爽良が御堂の帰宅に気付いたのが三時間後であり、いつの間にかキッチンにいた御堂は、神妙な顔で携帯を睨《にら》んでいた。

おそらくレシピの再現をしていたのだろう、コンロの上には使用済みのフライパンが置かれ、シンクの中には道具が散乱している。

ただ、そのときの爽良はそれどころではなく、御堂の姿を見るやいなや、帰り道の出来事を話した。

「――馬の埴輪が、動いた？」

すべてを聴き終えた御堂は、困惑した様子で天井を仰ぐ。

「は、はい。気配は弱かったんですけど、かなりぎこちないながらも、確かに動いていて……」

「いくらなんでも、奇想天外すぎない？」

感想は爽良と変わらないが、経験豊富な御堂までがそう思ったとなると、さっきの出来事がいかに異常であるかは明らかだった。

御堂はしばらく黙って考えた後、突如、ポケットから藁人形《わらにんぎょう》を取り出す。

それは、御堂が霊を捕獲するときに使う、いわば、霊の容《い》れ物。

これまでに何度も目にしているものだが、急に目の前に出されると薄気味悪く、爽良は思わず息を呑《の》んだ。

「……それって、いつも持ち歩いてるんですか？」

「霊なんていつ出るかわかんないし、基本的には。……てかさ、コレがいきなり動くようなものなんだよね」

「えっと……、埴輪のことですか？」

どうやら話はまだ繋《つな》がっているらしいと、爽良は藁人形にこわごわ視線を向ける。

すると、御堂は藁人形の手足を無理やり動かしながら、小さく頷《うなず》いてみせた。

「そう。地縛霊は往々にして肉体代わりの器を求めるものだから、捕獲のために生き物を象《かたど》ったものを使うのは、ある意味合理的なんだよ。……でも、これは所詮《しょせん》ただの藁だし、動かす想定で作られてないから、入り込んだところで当然上手《うま》く動かせないわけ。……もちろん、例外もあるけどね。器に霊を入れた人間の霊能力の高さとか、入ってる霊自体のそもそもの強さとか、他にもいろいろ」

「な、なるほど……」

「で、動いたっていう埴輪は素焼きだったんでしょ？　つまり、手足の可動域はゼロじゃん、藁人形とは比較にならないレベルで。それでもなお動いてたってなると、……中に入ってた奴が、そんなに弱いはずないんだよな」

「……つまり、埴輪を動かしてたのは、強い霊だったたってことですか？」

話が急に不穏さを帯び、背筋がゾッと冷えた。

かたや、御堂はあっさりと頷く。

「爽良ちゃんが感じた通りなら、霊じゃなく、強い残留思念ってことになるよね。ただ、残留思念っていうのはもともと小さな存在だから、その時点ですでに俺の常識を逸脱してるんだよな。おまけに、残留思念を物体に込めて動かすなんて、高い能力はもちろんのこと、知識や技術も必要になってくるし。……俺には到底無理だよ」

「御堂さんにも、ですか」

「うん、全然無理。下手すれば、人間そのものを操れるくらいの能力者じゃないと」

「……それって」

「まあ、俺は一人しか思いつかない」

「…………」

咄嗟《とっさ》に頭に思い浮かんだのは、言うまでもなく依。

やはり、――と。予想を裏切らない結論に、爽良は途端に頭痛を覚えた。

そんな中、御堂は悩ましげに眉間《みけん》に皺《しわ》を寄せる。

「……ただ、意味がわからないのは、高い技術を持っていながらわざわざ埴輪を器に選んだ理由なんだよなぁ。……普通、見るからに不自由極まりない素焼きの埴輪なんか選ぶ？」

「確かに、そうですよね……」

「パッと思いつく理由は、……単純に、残留思念をいじめたかったとか？」

「いじめ、って……」

かなり幼稚な動機だが、他の誰でもなく依の行いだと思うと、あり得ないとも言い切れない自分がいた。――しかし。

「もしくは、残留思念を込めた張本人の、――依の力がかなり弱っていて、それが精一杯だった……とか」

「………」

その推測を聞いた途端に爽良の頭を過《よぎ》ったのは、依が現在、呪い返しによってダメージを受けているかもしれないという、碧から聞いた話。

もしそれが事実だったなら、御堂の考えと辻褄《つじつま》が合う。

とはいえ、そんなギリギリの状態で残留思念を埴輪に込めた目的など、爽良には想像もつかなかった。

「もしかして、依さんは身動きが取れない状況にあって、……だから、残留思念になにかを託したっていう可能性は……」

十分あり得ると思い口にしたものの、御堂は険しい表情を浮かべる。

「なくはないと思うけど、なにせ相手はあの依だから、俺が最初に言った〝いじめたかった説〞も十分あり得るからね。……現時点では、あまり依に寄り添った考え方をしない方が身のためだと思うよ」

「そう、ですよね」

「っていうか、残留思念の正体なんて予想しても無意味だし、この件はなんらかの進展があるまで一旦保留にしよう」

「……はい」

もどかしくとも、今は頷く他なかった。

依が関わっているとなると、勝手な想像で動くのは明らかに危険だからだ。

爽良はひとまず気持ちを切り替えるため、ゆっくりと深呼吸をする。そして、改めて、コンロのフライパンに視線を向けた。

「そういえば、……御堂さんは、パンケーキを作ってたんですか？」

御堂は頷き、フライパンを掲げる。

「そう。またゼロから試さないとだし。さっきまで部屋でやってたんだけど、狭くて」

「結局、レシピは見つかりませんでしたもんね。……というか、浩司さんと話してたとき、なにか引っかかることがあったんですか？」

「うん？」

「浩司さんの言葉に、大きく反応していたように見えて」

「……そうだっけ？」

「心当たりないですか？」

「いや、覚えてないけど」

「そうですか。……だったら、別に」

あっさりと引き下がりながらも、御堂はなにかを隠しているようだと、爽良は直感していた。

それでも追及しなかった理由は、御堂が本気で隠す気なら聞いても無駄だろうという諦《あきら》めの他、下手に怪しんでいることを悟られ、より隙がなくなってしまうことを避けたかったからだ。

ただ、そこを疑い出したが最後、御堂があれだけうんざりしていたパンケーキ作りを、しかも昼食後にいきなり始めたことまで、なんだか奇妙に思えた。

「……では、私はそろそろ掃除を始めますね。今日は午前中に出かけちゃったし、なにも終わってなくて」

「ああ、うん。ありがとう」

爽良は、際限なく増えていく謎や疑念を無理やり心に押し込め、御堂に手を振って談話室を後にする。

モヤモヤが一向に晴れないせいか、そのときの爽良の心は、無性に、腹を割って話せる唯一の存在を求めていた。

爽良は玄関ホールを通り過ぎると、一〇三号室の前で立ち止まり、いつになく性急なノックをする。

そして、すぐに顔を出した礼央と目が合った瞬間、急に呼吸がしやすくなったような感覚を覚えた。

「あの」

「うん」

「……探ったりとか、そういうのナシで誰かと話したくなって」

「いいよ」

第一声としては明らかにおかしな言葉にも、礼央は眉《まゆ》ひとつ動かさず頷く。

前までは、単純に他人に興味がないからこそ余計な追及をしてこないのだろうと分析していたけれど、一緒に鳳銘館に住むようになり、その過保護さを徐々に実感する中で、考えが変わった。

興味がないのではなく、爽良に対しては、どんな内容であろうと当たり前に受け入れられるくらいの広い器を持ってくれているのだろうと。

礼央は元来、他人に対して厚い壁を作るタイプではあるが、思えば爽良自身は、そんな礼央に対して寂しさを感じたことなど過去に一度もない。

どうやら、自分は最初から壁の内側に入れてもらっていたらしいと感じはじめたのは、以前、自分の不手際で酷《ひど》く落ち込んだ爽良に、とんでもなく甘いお菓子をくれた日のこと。

あの日、自分の力を過信してまんまと危険な目に遭い、御堂には冷たく突き放され、後悔と情けなさでボロボロになった爽良の心は、他の誰の介入も許さない礼央の壁に守られて前を向くことができた。

それ以降、礼央の存在をどれだけ頼りにしているかは、考えるまでもない。

まさに今のように、おかしな訪ね方を平気でしてしまう程度には、甘えている自覚があった。

「中、入る？」

礼央は戸を大きく開け、爽良を中に促す。

思えば礼央の部屋に入ったことはあまりないが、住み始めた当初からなんら変わりない、必要最低限の物しかないガランとした空間がいかにも礼央らしく、気持ちがふっと緩んだ。

「たった今御堂さんと話したんだけど、やっぱりなにかを隠してるっぽいし、でも聞いても言ってくれないだろうし、……なんだか、モヤモヤして」

爽良は早速ブツブツと呟《つぶや》きながら、勧められるままリビングの椅子に座る。

すると、礼央は冷蔵庫から出したペットボトルのお茶を爽良に手渡しながら、小さく肩をすくめた。

「どうせまた、なにか危険なことにでも気付いたんじゃない？」

「危険なこと？」

「っていうか、依さんが関わってる以上なにもかも危険じゃん」

「それは、……そうなんだけど」

確かに礼央の言う通りだが、これまで協力して美代子のレシピの再現をしてきたことを思うと、今さら隠されるのはやはり釈然とせず、爽良はもどかしい気持ちでテーブルに片肘《かたひじ》を突く。

礼央は爽良の正面に座ると、テーブルの上のパソコンをパタンと閉じた。

「まあ、少し様子を見ようよ」

「だけど、協力したかと思えば探り合ったりして、効率的じゃなくない……？」

「多分、たいした手がかりを掴《つか》んでないからこそ言うのに慎重になってるんじゃないかな。もし重要なことがわかったなら、さすがに黙ってないと思うし」

「重要なことって、たとえば？」

「依さんの居場所とか」

「……慎重になるのは、私が暴走するから？」

「卑屈」

礼央は椅子の上で片膝《かたひざ》を抱えながら、目を細めて笑う。

いつも通りのなんでもない仕草のはずが、目が合った瞬間、なぜだか胸が小さく震えた。

そして、その理由を考え出した途端に自分が動揺してしまうことを、爽良はもう自覚している。

「って、いうか……、本当に、どこにいるんだろうね、依さん」

気持ちを切り替えるため慌てて話題を続けると、礼央は少し考え、首を捻《ひね》った。

「もし呪い返しでダメージを受けてるんだとするなら、……当然、身を守れるくらい安全な場所にいるはずだよね」

「そういえば御堂さんが、埴輪《はにわ》なんかに念を込めたのは、それしかできないくらい弱ってるからだろうって言ってた。……単純に、念をいじめたかっただけじゃないかとも言ってたけど」

「まぁ、実の兄の御堂さんが言うなら、どっちもあり得るんだろうけど。……ただ、依さんにとって安全な場所って、例えばどこなんだろう」

「安全な、場所……」

「そう。人にも霊にも気付かれない場所じゃないと駄目ってことでしょ」

ふと礼央が呟いた疑問で、胸がざわめく。

「それは……、管理人室や三〇一号室みたいな、強い結界を張った部屋とか……？」

真っ先に思い当たったのは、結界に身を隠すという手段。

爽良にはいまだに理屈がよくわからないが、結界には悪霊を立ち入らせないだけでなく、中にいる者や霊の気配を消す効果があるとのこと。

かつて、御堂の父親である善珠院《ぜんじゅいん》の住職が三〇一号室に張ったという結界は、現在もまだ強い効果を発揮しており、御堂もつい最近、幽体離脱をする場所として利用していた。

しかし、礼央はどこか納得がいかない様子で眉根を寄せる。

「でも、依さんってただでさえ相当な数の恨みを買ってそうだし、万が一弱ってるなんて知られたら、有象無象が復讐《ふくしゅう》しに来そうだよね。それらから身を守るなら、かなり強力な結界じゃないと難しい気がするんだけど、いくら依さんでも、弱ってる状態でそんなの張れるのかな」

「それは、確かに……」

妙に説得力のある推測に、爽良は頷《うなず》く。

とはいえ、現に居場所が見つかっていない以上、完璧《かんぺき》な手段を講じて身を隠しているであろうことは確実だった。

「まあ、あらかじめ結界を準備してたっていう可能性もあるか。……とはいえ、俺には正直、依さんがそこまで後先考えるタイプとは思えないけど」

「でも、前も居場所を徹底して隠してたし、結構慎重なんじゃ……」

「人間に対してはそうでも、霊に対してはただの命知らずじゃん。碧さんの話だと、誰もやったことのないような無茶な術を自分で開発してたみたいだし」

そう言われて思い返してみれば、確かに依は、霊や霊能力に対して強すぎる好奇心を持っている。

新たな術の開発はもちろんのこと、霊を収集するという異常な趣味があり、かつてはそのための道具として、霊を寄せ付ける体質の爽良を利用したがっていた。

少しでも慎重さを持っているなら、まずもって、どんなリスクがあるかわからないようなことに手を染めたりはしないだろう。

となると、二度目の呪い返しに遭った原因も、依にそれ相応の隙があったからと考えられる。——そのとき。

「案外、同類の仲間に守られてたりして」

礼央がサラリと口にした推測で、心臓がドクンと揺れた。

「同類の仲間……って」

「たとえばの話だけど、依さんが安心して隠れられるくらい強い結界が張れる、協力者がいるとか」

「…………」

ただの仮説だとしても、あの依と同等の仲間がいると想像しただけで血の気が引き、爽良は冷たくなった指先を拳《こぶし》の中にぎゅっと握り込む。

依一人でも十分脅威だというのに、もし似たような価値観や能力を持つ仲間が他にもいた場合、自分たちに対応できるとはとても思えなかった。

そのとき、正面に座っていた礼央がふいに立ち上がり、爽良の横の椅子に移動する。

——そして。

「ねえ、爽良」

意味深に名を呼ばれ、なぜだか、嫌な予感がした。

しかし、続きを聞くのが怖くて返事を躊躇《ためら》う爽良を他所《よそ》に、礼央はさらに言葉を続けた。る。

「いっそ、もう全部放置して逃げない？」

爽良には、しばらくその言葉の意味が理解できなかった。

むしろ、ようやく理解してもなお、本気なのか冗談なのか判断ができず、爽良は硬直する。

かたや、礼央はいたって真剣な様子で、爽良の手を取り強く握った。

「俺は、爽良を連れて、こういう危険とは無関係な場所に逃げたいと思ってる。これ以上依さんのことを追求するのは、なんだかやばい気がして」

「れ、礼央」

「俺は正直、依さんの居場所も安否もどうだっていい。ダメージを受けているせいでなにもできないなら、むしろ都合がいいとすら思ってる。なにより、このまま取り返しがつかないことが起こるんじゃないかって思ったら、……怖いんだよ」

内容以前に、礼央の口から「怖い」という言葉が出たことに、爽良は驚いていた。

なにせ、礼央はこれまでに、少なくとも爽良に対して、そういう面を見せたことなど一度もないからだ。

　これは、きちんと真正面から受け止めるべき言葉だと、爽良はみるみる緊張が込み上げる中、礼央の目を見つめ返す。

「逃げるって、どこに……？」

　おそるおそる尋ねると、礼央はゆっくり口を開いた。

「……爽良」

「うん……？」

「実は俺、呼ばれてるんだ。大学時代の友人が立ち上げた、ＡＩ関連の会社に」

「ＡＩ関連って……、つまり、礼央をエンジニアとして雇いたいってこと……？」

「そう。ちなみにその会社は、――ロサンゼルスにある」

　ドクンと、心臓が揺れた。

　同時に、爽良にとってはあまりに現実離れしたその内容に、頭の中が一瞬真っ白になった。

「えっと、……それで、礼央はそこに行きたい、ってこと……？」

　たどたどしくも尋ねると、礼央はどこか曖昧《あいまい》に視線を落とす。

「面白そうだとは思うけど、行きたいかって聞かれると、今は正直半々。ただ、爽良も一緒なら行きたい。それに、もし今後依さんが復活してきたとしても、ロスならさすがに手出しできないだろうから」

「ちょ、ちょっと、待って。ロスに一緒にって、そんな簡単な話じゃ……」

「別に代官山だろうがロスだろうが、たいして変わんないよ」

「変わるよ……！　そ、そもそも、礼央の人生に関わることを、私の事情なんかで決めたら——」

「なんかじゃない」

最後まで言い終える前に遮られ、爽良は思わず口を噤《つぐ》む。礼央の口調が、これまで聞いたことがないくらいに強かったからだ。

これは、本気だ、——と。

爽良は改めて、そう確信する。

一方、礼央は爽良の戸惑いを察してか、我に返ったように瞳《ひとみ》を揺らした。

しかし、それでも発言を撤回する素振りはなく、むしろ、爽良の手を握る手にさらに力を込める。

「急だし、驚かせたことはごめん。ただ、荒唐無稽《むけい》な話に聞こえたかもしれないけど、前々からかなり具体的な提案をされてるんだ。住むところも向こうが用意してくれるし、候補の中にはルームシェア用の広い物件もあるんだ。それなら、爽良が一緒に住んでも、鳳銘館とたいして変わらないよ」

「……礼央」

「ちなみに、契約期間はひとまず二年で打診されてる。その後は俺の希望に沿うって言ってくれてるから、そのまま働いてもいいし、別に帰ることもできるよ」

「…………」

礼央の説明を聞きながら、荒唐無稽どころか十分リアルな話だと、爽良は案外すんなりと納得していた。

そもそも礼央は優秀なフリーエンジニアとして業界に名が広く知られており、今聞いたような高待遇な勧誘があったとしてもなんの違和感もない。

冷静に考えると、今こうして同じアパートで生活していることの方がよほど不思議なくらいだった。

ただ、この件において、爽良にとってもっともリアルじゃないのは、礼央がそこに自分を同行させようとしていること。

爽良には正直、礼央が語るような二年先の未来どころか、日本を出ることすらイメージできなかった。

なにせ、爽良にとってはただ実家を出るだけでも一大事であり、それからまだ一年も経っていない。

なにより、礼央について行ったところで、鳳銘館のように仕事が用意されているわけではなく、たとえ就労ビザが取得できたとしても、言葉が通じない場所でできることがあるとはとても思えなかった。

「私がついていっても、なにもできないよ……」

爽良はそう口にしながら、これがもっとも現実的な答えだと自分で納得する。

しかし、礼央は引くどころか、首を横に振った。

「爽良は前に、鳳銘館を管理しながらでも、いずれまた外で働きたいって言ってたよね。だから、ひとまず二年は、自分の方向性を決める期間にすればいいんじゃないかって。たとえば語学を学んだりとか、資格の勉強したりとか。その後のことは、そのときに考えればいいし」

「って言うけど、私には、経済的にも精神的にもそんな余裕は……」

「行くなら、俺が支える。生活費も必要ない」

「…………」

あまりの勢いに絶句しながら、心の奥の方で、それではまるでプロポーズではないかと、妙にのん気なことを考えている自分がいた。

同時に、――いっそプロポーズだったなら、こんなにも引け目を感じずにいられただろうかと、おかしなことを思っていた。

「……無理だよ。私は、礼央のお荷物になりたくない」

「お荷物なんかじゃない。俺は、爽良にできるだけ安全な場所にいてほしい」

「だから、そんなことを理由に大切なことを決めちゃ駄目だって……」

「何度も言うけど、そんなことじゃないんだよ。俺にとっては――」

「……礼央」

衝動的に言葉を遮ると、礼央が大きく瞳を揺らした。

急にしんと静まり返った部屋の中、爽良がふと思い出していたのは、浩司の家からの帰り道に礼央と交わした会話。

礼央はあのとき、代官山だろうが六本木だろうが、パリだろうがロスだろうが、どこに住もうと一緒だと話していた。

今になって思えば、礼央はいずれこの提案をすることを想定した上で、あんな話をしたのだろう。

爽良はあのとき、なんて強い人だろうと純粋に感心した。

ただ、いざこんな展開になって改めて考えてみると、そうやってどこでも臆《おく》せず生きていける礼央を、図らずも鳳銘館に留《とど》めてしまっている現状こそ間違っているのではないかと、――今でも自分は十分に礼央のお荷物ではないだろうかと、そう思えてならなかった。

この葛藤《かっとう》に関しては、鳳銘館に住み始めたときにも直面し、当時はなんとか自分を納得させたものの、今はあのときとは状況があまりに違う。

「……私は」

長い沈黙を置いてようやく出した声は、弱々しく掠《かす》れた。

ただ、それくらい考えてもなお、折り合いがついたわけでも、思考が上手《うま》くまとまったわけでもなかった。

ひとつだけはっきりしているのは、今は、首を縦に振ってはならないということ。

爽良はなかなか二の句が継げないまま、ふたたび口を噤む。

そのとき。

「……ごめん。いいよ、わかってる」

爽良の返事を待つことなく、礼央がそう答えた。

「礼央……」

「あまり深く考えないで。ひとつの案として、試しに提案してみただけだから」

「試しに、って……」

「元々、俺はこの仕事を断る気だったわけだし。でも、依さんが関わってる説が浮上して、どこかに安全な場所はないかって考えたときにふと頭に浮かんだってだけ。……だいたい、爽良が庄之助さんからのメッセージを中途半端に放置したまま、ここを離れるはずないってわかってるし」

まるで最初から冗談だったとでも言わんばかりの軽い口調に、胸が疼《うず》く。

もちろん、困惑する爽良を気遣って取り下げたことは明白だった。

いつもは上手く隠されている礼央の苦しい心情が、今だけははっきり透けて見えるような気がして、爽良は俯《うつむ》く。

そんな中、爽良の心の中では、このまま礼央に甘え続け、いつまでも拘束し続けていいのだろうかというさっき生まれた思いが、みるみる膨らんでいた。

「礼央は、……断って、いいの？」

思ったままを尋ねると、目の前の瞳《ひとみ》がわずかに揺れる。

しかし、礼央はすぐに表情を普段通りに戻し、頷《うなず》いてみせた。

「もちろん。海外なら逃げ場として都合がいいなってくらいの興味しかないし、そもそも会社に所属するのはいろいろ面倒だから」

「でも、礼央の能力を、高く買ってくれてるんじゃないの……？」

「……どしたの」

「だって、……詳しくはわからないけど、海外で家まで用意してくれて、きっとすごくいい話なんだろうなって思うから、本当にそれでいいのかなって」

真剣に訴えてみたものの、礼央はもうひと欠片《かけら》の迷いも見せることなく、あっさりと首を縦に振る。

「世間一般的にいい話かどうかは、俺には関係ないよ。いつだって、自分がいたい場所を自分で決められるように、フリーランスを選んだんだ」

「…………」

そんなふうに言われてしまうと、爽良にはもうなにも言えなかった。

というよりも、礼央を拘束したくないという思いの陰には、すでに礼央のいない日々を想像できなくなってしまっている怖さも共存していて、食い下がるだけの勇気が足りなかった。

結局、甘やかされてばかりだともどかしく思いながらも、爽良は頷く。

「そっか。……ごめんね」

込み上げるように口から零《こぼ》れたのは、脈絡のない謝罪の言葉。

ただ、それを撤回する気にはなれず、不思議に思ったであろう礼央もまた、なにも言わなかった。

これで本当に正しいのだろうか、と。

モヤモヤと渦巻く疑問に苛《さいな》まれながらも、爽良は礼央の手をそっと握り返す。

そして、心の奥の方で、――自分はこの存在なくして生きる術《すべ》をもう忘れてしまっていないだろうかと、不安な自問自答を繰り返していた。


爽良が奇妙な気配に気付いたのは、夜中にふと目を覚ましたときのこと。

それは気のせいとも取れるくらいに些細《ささい》なものだったけれど、気になって体を起こした途端、どこからともなくかすかに誰かの泣き声が聞こえた気がした。

「なにか、いる……」

胸が大きくざわめき、呟《つぶや》きが漏れる。

ただ、その気配は、いつも鳳銘館を彷徨《さまよ》っているような、無念を抱えた霊たちとはどこか違っていた。

かといって残留思念とも言いきれず、爽良はさらに気配に集中する。

すると、遠くの方からじわじわと、あまりにも深く重い悲しみが伝わってくるような気がした。

気配を探っているだけなのに、何故だか涙が零れそうになり、爽良はそんな自分に戸惑う。

ただ、そのとき唐突に込み上げてきたのは、誰かが寄り添ってあげなければならないといった、奇妙な焦りだった。

相手が何者かすらもわからないというのに、その衝動は収まらず、爽良は結局体を起こしてベッドから下りる。

そしてそのまま玄関に向かい、上着を羽織ってこっそり戸を開け、改めて気配がある方向を探した。

しかし、それはあまりにも曖昧《あいまい》で、場所の特定どころか、今にも見失ってしまいそうなくらいに小さい。

爽良は外に出るのはひとまず礼央に声をかけてからにしようと、廊下に出て一〇三号室へ向かった。――けれど。

いざノックをしようと掲げた手は戸の直前で止まり、それ以上動かすことができなかった。

おそらく、昼間の会話が原因だろうと爽良は思う。

頭を過《よぎ》っていたのは、こうして些細なことまで巻き込んでしまうからこそ、礼央は爽良に対し、より過保護になっているのではないかという考え。

これまでは、心配をかけないためにはなにもかも伝えることが重要だと思っていたし、礼央もまたそれを望んでくれたけれど、それがまさに礼央をがんじがらめにしている要因ではないかと考えると、安易に声をかけられなかった。

ただ、声をかけずに危険な目に遭っては元も子もなく、爽良は一旦《いったん》礼央の部屋から離れ、辺りを見回す。そして。

「スワロー……？」

小さな声で名を呼ぶと、スワローがふわりと姿を現し、爽良をじっと見つめた。

スワローを呼び出したのは、この子がついてきてくれるなら、最悪なパターンだけは免れるだろうという考えからだ。

スワローは礼央ほど過保護ではないが、霊を追い払える上、万が一のときは誰かを呼びに行くこともできるので、今の爽良にとってもっとも適任に思えた。

「ねえ、スワロー、……今から、少しだけ付き合ってくれないかな。不思議な気配があって、それを追いたいんだけど……」

あとはスワローの気分次第だと、爽良は祈るような気持ちでそう口にする。

すると、スワローはわずかな沈黙の後、ぱたんと一度尻尾《しっぽ》を振った。

「ありがとう……！」

たちまち不安が払拭《ふっしょく》され、爽良は早速、廊下の窓越しに裏庭を確認する。

しかし、裏庭にはいつもと同様に様々な気配があり、目的の気配を特定することができなかった。

やはりここからでは無理かと、爽良は急いで廊下を奥まで進むと、通用口を抜けてひとまず裏庭の方へ向かう。

すると、間もなく、爽良の二、三メートル先を歩いていたスワローの耳がピクッと反応した。

「なにか見つけたの……？」

尋ねたものの、スワローはチラリと爽良に視線を向けただけで、足を止める気配はない。

言い知れない不安を覚えながらもその後を追うと、突如、すぐ傍の木の枝から、鳥が羽ばたくような大きな音が響いた。

「きゃぁっ……！」

突然のことに爽良は思わず悲鳴を上げ、その場にへたり込む。

そして、おそるおそる見上げると、たった今飛び立ったと思《おぼ》しき大きな鳥が、月明かりに照らされながら池の方へと向かっていった。

それは、鳳銘館の裏庭ではとくに珍しくもない、日常の風景だった。

けれど、爽良は鳥の姿を目で追う中で、明確な違和感を覚えていた。

「ね、ねえ……、さっきの鳥、なにか摑《つか》んでなかった……？」

違和感とは、まさにスワローへ向けた問いの通り。

ほんの一瞬のことだったけれど、爽良は、鳥が片方の脚で摑んでいた異様なものの存在を見逃さなかった。

普段なら、さしずめ鼠かなにかだと、気にも留めなかっただろう。

にも拘《かか》らず引っかかったのは、鳥が持ち去ったなにかから、ほんのかすかに、爽良が追っていた気配を感じた気がしたからだ。

普通に考えれば、実体を持たない念を鳥が捕まえるなんてあり得ないことだが、そのときの爽良には、自分でも不思議に思うくらい明確な自信があった。

スワローはしばらく爽良を見つめた後、静かに向きを変え、鳥が飛び去って行った池の方へと足を進める。

多くを説明せずとも理解してくれるこの感じが、どこか礼央を彷彿《ほうふつ》とさせた。

やがて、スワローは池の手前で足を止めると、草の陰に身を潜め、池の上を覆う木の枝に視線を向ける。

見れば、そこにはさっき飛び去った鳥らしき姿があり、なにやらガサガサと枝を揺らしていた。

「なにしてるんだろう……」

さすがにこの暗さではよく見えないが、なんだか嫌な予感がして、爽良は鳥の足元に目を凝らす。――そのとき。

『ア……』

突如、弱々しい声が響き、爽良の心臓がドクンと大きく鼓動した。

やはり、鳥に捕まっているのは何者かの魂か念だと、爽良は確信する。

しかし、取り戻したくとも下手に近寄れば逃げられてしまいそうで、近寄ることすらできなかった。

するとそのとき。

『ワン！』

突如スワローが鳴き声を上げたかと思うと、鳥はたちまち羽をばたつかせ、枝から飛び上がる。——瞬間、なにか小さなものが落下するような影が見えた。

同時に、池からボチャンと重い水音が響く。

どうやら鳥は掴んでいたものを落としたらしいと、爽良はまさかの幸運な展開に、思わずスワローの首元に思いきり抱きついた。

「スワロー、すごい……！」

もちろんスワローの反応は薄く、即座に我に返った爽良は慌てて手を離す。

ただ、スワローにここまで密着できたことなどこれまでになく、密《ひそ》かに高揚してしまっている自分がいた。

幸いスワローにもさほど迷惑そうな様子はなく、むしろなにごともなかったかのような冷静さで、池の方をまっすぐに観察している。

爽良は、とりあえず先に鳥が落としたものの正体を確認しようと、池へ向かって勢いよく足を踏み出した。

しかし、突如背後からスワローに服の裾《すそ》を咥《くわ》えられ、バランスを崩して地面に膝《ひざ》をつく。

「ど、どうしたの……？」

なにごとかと振り返ると、スワローは今度こそ迷惑そうに眉間《みけん》に皺《しわ》を寄せ、鼻をフンと鳴らした。

普段はスワローの考えはよくわからないが、その表情から察するに、どうやら呆《あき》れているらしい。

おそらく、爽良の池に飛び込みかねない勢いに引いたのだろう。

爽良は苦笑いを浮かべ、スワローの首元をそっと撫《な》でた。

「さすがに池に入ったりはしないから大丈夫だよ……。礼央に気付かれないようにこっそり来たのに、そんなことしたら無駄になっちゃうもの」

咄嗟《とっさ》にそう言い聞かせたものの、スワローはさも疑わしげな表情を浮かべたまま、依然として爽良を解放してくれなかった。

スワローらしからぬ過保護な対応に、爽良の頭にふと、ひとつの可能性が過る。

「まさか、礼央からなにか頼まれた？」

確信は、なかった。

ただ、爽良の心の機微に聡《さと》い礼央ならば、あり得なくはないと思っていた。

しかし、スワローからはなんの反応もない。

いくらなんでもそれは考えすぎかと、爽良は一旦頭からその考えを取り払い、ふたたび池に視線を向ける。そのとき。

ふいに池の中央あたりがかすかに動いたかと思うと、大きな波紋がゆっくりと広がっていった。

「池の中で、なにか動いてるみたい……」

たちまち緊張が込み上げる中、波紋はその後も何度か連続して起こり、爽良はスワローの監視のもと、池の縁ギリギリまで足を進めて波紋の中心に目を凝らす。

すると、池の底から、プツプツと小さな泡がゆっくりと浮かび上がってくる様子が確認できた。

その泡は浮かび上がる頻度を少しずつ高めながら、徐々に池岸へ向かって移動していく。

パッと見は水棲《すいせい》生物が移動しているような感じだが、泡が上がるごとに少しずつ濃くなっていく周囲の奇妙な気配に、爽良は予感めいたものを感じていた。

それと同時に確信していたのは、これはやはり、美代子の残留思念とは違うということ。

とはいえ、伝わってくる気配には、ほんのかすかに、爽良の記憶を掠《かす》めるようなものがあった。

「誰なんだろう……」

爽良は必死に記憶を辿《たど》るが、とくに思い当たる人物はいない。

そうこうしている間にも、泡はついに岸に到達し、やがて水面に大きく不規則な波紋を広げた。

いよいよなにかが姿を現すようだと、爽良は咄嗟に草陰に身を隠し、固唾《かたず》を呑《の》んで様子を見守る。

すると、間もなく、――ベシャ、という湿った音とともに、水の中からドロドロした塊が姿を現し、ゆっくりと岸に上がった。

ただ、それは池の中を動いていたせいか泥や水草などいろいろなものが絡みついていて、原形がまったくわからない。

しかし、爽良はそのぎこちない動きを見ながら、妙な既視感を覚えていた。

「あれって、……まさか」

思い当たると同時に、泥の塊はまるで濡《ぬ》れた犬のように体を小刻みに震わせる。

たちまち泥が振り払われ、現れたのは、記憶に新しい馬の埴輪《はにわ》だった。

とはいえ、その姿は昼に見たときとは比べ物にならないくらいに傷み、体はヒビや穴だらけで、まともに残っている脚はすでにない。

それでも、埴輪はボロボロになった体を強引に揺らしながら、必死にどこかへ向かおうとしていた。

爽良はその様子を呆然《ぼうぜん》と見つめながら、密かに、この気配に妙に覚えがあった理由を察する。

かなり弱い気配ではあるが、どうやら埴輪の中身は、昼間に遭遇したときと同じようだと。

あのときは、埴輪を捨てて中身だけ逃げてしまったのだと思い込んでいたが、どうやらあの後、ふたたび埴輪に戻ってきたらしい。

だとすれば、依による嫌がらせとして、無理やり埴輪に閉じ込められた説はひとまず除外となる。

さらに、こんなにボロボロになった埴輪にまだ拘《こだわ》っているとなれば、昼間に礼央が話していた、目的を達するためには仮の肉体が必要なのだろうという仮説がもっとも有力となった。

「スワロー、あれ、どう思う……？」

爽良は一旦《いったん》スワローの反応を窺《うかが》う。

埴輪があまりにも謎めいており、危険なのかどうかすらわからないため、ここはスワローの判断に従おうと思ったからだ。

けれど、スワローは眉間に皺を寄せて埴輪をまっすぐに睨《にら》みつけながらも、とくに唸《うな》ったり威嚇したりはせず、むしろわずかに戸惑っているように見えた。

スワローにとっても、よほど特殊な存在なのだろう。

爽良はしばらく悩んだ結果、とりあえずこのまま様子を窺ってみようと、一定の距離を開けて埴輪の後を追うことにした。

しかし、もはや原形を止《とど》めないくらいボロボロになった埴輪にとって荒れた裏庭はかなり険しいのか、落ちている小枝すらも障害になり、バランスの悪い体はすぐに倒れてしまう。

それでもヨロヨロと起き上がっては、必死に前に進もうとする姿には、なんだか込み上げるものがあった。

爽良は、正体がわからない以上、下手に手助けをすべきでないと自分に言い聞かせ、黙って見守る。

そして、ひとまず埴輪の向かう方向から察したのは、どうやら裏庭の奥の方に目的地があるらしいということ。

ちなみに、西側の裏庭の奥には、依が植えたと思《おぼ》しきローズマリー畑がある。

それもまた意味深であり、爽良の心の中では、このまま埴輪を追えばなにか重要なことを知れるのではないかと、小さな期待が生まれていた。

ただ、埴輪の歩みはとにかく遅く、ほんの数メートル進むだけでも途方もない時間がかかり、結論が出るのはずいぶん先になりそうだった。

この寒い中、これはかなりの忍耐と根気を要する追跡だと、爽良は小さく溜《た》め息をつく。

一方、埴輪はあの不自由な体でいったいどれだけの距離を移動してきたのだろうと思うと、複雑な気持ちになった。

「あんなにも必死になって……」

良くないとわかっていながら、呟《つぶや》きにはつい同情が滲《にじ》む。

爽良はすっかり冷え切った体を摩《さす》りながら、改めて埴輪の目的を思った。——そのとき。

突如、埴輪のすぐ傍から異様な気配を覚え、たちまち全身に緊張が走る。

慌てて視線を向けると、埴輪の間近の木が、不自然にゆらりと枝を揺らした。

同時に、辺りの空気がみるみる重く澱《よど》みはじめ、どうやら良くない類《たぐい》の気配があらわれたらしいと爽良は直感する。

『グルル……』

スワローも警戒を露《あら》わに、低く唸り声を上げた。

かたや、埴輪はいっさい怯《ひる》むことなく、さらに裏庭の奥へと進んでいく。——瞬間、木の陰から細く黒いものがスッと伸び、埴輪を地面から摑《つか》み上げた。

『ア、……』

埴輪から、かすかに悲鳴のような声が漏れる。

爽良は一瞬の出来事に混乱しながらも、現れた黒い影の気配に意識を集中し、思わず息を呑んだ。

その気配があまりにも、――有象無象が集まる鳳銘館の裏庭であっても見かけたことがないくらいに、禍々《まがまが》しかったからだ。

ただ、これ程の悪霊が彷徨《さまよ》っていたならすぐに誰かが気付きそうなものだが、少なくとも爽良にはこの気配に覚えがない。

だとすれば、おそらく裏庭に迷い込んでまだ日が浅いと考えられる。

爽良は、こんなものに目を付けられたら一巻の終わりだと、必死に息を殺して様子を窺った。

しかし、その黒い影は爽良にはいっさい目もくれず、摑んだ埴輪をゆっくりと頭のあたりまで持ち上げる。

そして、突如、血走った目を勢いよく見開いたかと思うと、埴輪をまっすぐに射貫《いぬ》いた。

呼吸を忘れる程に緊迫した空気の中、その様子から爽良が感じ取っていたのは、黒い影が埴輪に対して抱く、苛烈《かれつ》な怒りと重々しい恨み。

その様子は、埴輪以外はいっさい眼中にないとでも言わんばかりだった。

「狙いは、あの埴輪だけみたい……」

呟くと、スワローも同じことを考えていたのか、剝《む》き出しにしていた牙《きば》をゆっくりと収める。

ただ、わからないのは、あれ程の禍々しい気配を持つ黒い影が、あんな小さな存在に対し、そこまでの恨みを抱える理由だった。

両者の気配の強さには圧倒的な差があるというのに、黒い影が露わにしている怒りは、他に類を見ない程に強い。

しかし、そうこうしている間にも黒い影の手元からバキ、と鈍い音が響き、埴輪は首だけを残して無惨に砕け散った。

その瞬間、埴輪の中にあったはずの気配はスッと消え、それと同時に、黒い影の低い慟哭《どうこく》が響き渡る。

おそらく、埴輪の中の気配は、昼に爽良たちの前でやったように、器を捨てて逃げ去ったのだろう。

その後、黒い影は何度も悲しげな低い声を上げ、やがて、闇に溶けていくかのように姿を消していった。

急に静まり返った裏庭で、爽良は呆然と立ち尽くす。

正直、心の中には、表現し難い複雑な感情が生まれていた。

普段ならほっとするべき場面なのに、悲しそうに消えていった黒い影の声が、いつまでも心に余韻を残したまま離れてくれない。

首だけになった埴輪もまた、物悲しく地面に転がっていた。

「両方、消えちゃったね……」

呟くと、スワローはぱたんと尻尾《しっぽ》を振る。それから、ゆっくりと埴輪に近寄り、注意深く鼻を動かした。

「……こんな埴輪《はにわ》、どこで見つけてきたんだろう」

爽良は素朴な疑問を呟きながら、スワローの横に並んで座る。

無造作に転がる馬の頭部は、水に濡れて泥にまみれ、ヒビだらけになってもなお、不思議な存在感を放っていた。

おそらく、元は工芸品としてさぞかし上等な品だったのだろう、彫られた装飾もずいぶん細かい。

見れば、鼻に巻かれた細い馬具にまで模様があり、かなり丁寧に作られたものであることを想像させた。

観察すればする程、ついさっき自分で口にしたばかりの疑問がさらに膨らんでいく。

「本当に、どこからこんなものを……。どこにでもあるようなものには見えないんだけど……」

疑問を抱いた上で改めて考えてみると、たった半日で首だけになってしまった埴輪の脆《もろ》さからして、何日も前から残留思念がこれに宿っていたとは思えない。

さらに、依がもしこの埴輪の件に関わっているとするなら、残留思念が宿ったその瞬間には、埴輪は依の手にあったと考えられる。

「依さんって、……結構、近くに隠れてるんじゃ」

自然に導き出された推測に、心臓が不安げに鼓動した。

すべて想像に過ぎないけれど、この埴輪に可能な移動範囲を考えれば、そうとしか考えられなかったからだ。

しかし、そのとき。

『グルル……』

ふいにスワローが唸り声を上げ、爽良の考えは遮断される。

慌てて辺りを警戒すると、裏庭の奥の方に異様な気配を覚えた。

一瞬、さっきの黒い影が戻ってきたのかと思ったけれど、漂う気配が明らかに違い、むしろさらに異様さを増している。

「また、なにか来たの……？」

呟くと同時に、埴輪の首がかすかに動いた。

おそらく、さっき逃げた残留思念がふたたび埴輪に戻ってきたのだろう。

すでに二度も埴輪から抜けているため、十分あり得ることだと思ってはいたけれど、首だけになってもなお戻ってくる執着の強さには驚きを隠せなかった。

そうしている間にも異様な気配はみるみる濃さを増し、スワローが爽良の服を咥《くわ》え、無理やり後退させる。

爽良は促されるままそこから離れると、近くの木に身を隠し、こっそりと様子を窺《うかが》った。

すると、埴輪はその小さな首を揺らしながら地面を転がり、草の陰に隠れる。

同時に、暗闇の奥からぬるりとした動きで、なにかが姿を現した。

気配から霊であることは間違いないが、暗い中にぼんやりと浮かび上がるシルエットは生きた人間と見紛《みまご》うばかりで、埴輪へ向かってゆっくりと進んでいく。

しかし、それがやがて枝の間から漏れる月明かりの下に差し掛かった瞬間、――爽良は思わず息を呑《の》んだ。

なぜなら、現れた霊が、あまりにむごらしい姿をしていたからだ。

シルエットは確かに人そのものだが、全身の皮膚が焼け爛《ただ》れ、どこもかしこも煤《すす》と黒く固まった血に覆われていた。

顔面はもっとも酷《ひど》く、焼け落ちたのか耳や鼻はなく、剝き出しになった眼球はどろりと濁っている。

そして、その中で小刻みに揺れる瞳《ひとみ》からは、煮え滾《たぎ》るような怒りが伝わってきた。

あまりにおぞましい姿に、爽良はしばらくその場で硬直する。

ただ、そんな混乱の中でも唯一察していたのは、全身が焼け爛れたこの霊もまた、埴輪の中の残留思念に対して深い恨みを持っているということ。

たて続けに、しかも滅多に見ない程の強い霊に狙われるなんていったいどうなっているのだと、爽良の心の中ではさらに疑問が膨らんでいた。

一方、全身が焼け爛れた霊は突如ガクリと膝《ひざ》をついたかと思うと、ぎこちない動きで地面に腕を伸ばし、草を掻《か》き分けはじめる。

ある意味当然と言うべきか、ほぼ身動きの取れない埴輪の姿が露《あら》わになるまで、さほど時間はかからなかった。

霊は埴輪の姿を確認するやいなや、全身から放つ怒りを一気に膨張させ、突如、まるで泣いているかのような叫び声を上げる。

爽良はその凄絶《せいぜつ》な光景を目の当たりにしながら、――ふと、強烈に伝わってくるこの感情はさっきの霊とよく似ていると、密《ひそ》かに思っていた。

姿形はまったく違うけれど、強い怒りの陰に潜む深い悲しみには、通じるものがあると。

その瞬間に思いついたのは、一見怖ろしく見えるこれまでの二体の霊たちは、被害者なのではないかと、――同じ因縁の相手を持つ者同士なのではないかという仮説。

さらに、禍々しい霊から次々と狙われるこの現状から察するに、埴輪の中にいる残留思念は、相当数の霊から恨みを買っていると考えられる。

しかし、そんな霊たちをも躱《かわ》しながら着実に目的地へ進み続ける残留思念の姿は、強《きょう》靱《じん》な精神力の持ち主であることを物語っていた。

「――強靱な精神力って、……まさか」

ふいに浮かんだひとつの推測に、爽良の指先が震える。

「埴輪の中にいるのは残留思念じゃなくて、……依さんの生き霊、だったり……」

口に出した途端、すべてがストンと腹に落ちるような感覚を覚えた。

なにより、魂を無下に扱って多くの恨みを買い続ける依の生き方は爽良もよく知るところであり、生き霊でありながら物体を器として動き回るという異常な現象も、依本人であるならば十分納得できる。

そもそも、目的を果たすためにわざわざ自分の生き霊を使ったのも、呪い返しのダメージによって身動きが取れないという、現在の状況が影響している可能性が高い。

つまり、依はあえて器に埴輪を選んだわけではなく、器の選択肢があまりない場所に閉じこもっているのではないかと、爽良は予想していた。

となれば、もっとも懸念していた、依に同じ価値観を持つ協力者が存在するという可能性は一気に下がる。

頭の中で延々とモヤモヤし続けていたものが少し薄くなり、まだ早いと思いながらも、爽良は小さく息をついた。

ただ、どうしてもわからないのは、そんな依が、自分の生き霊を使ってまで果たしたい目的。

しかし、それを知ろうにも、依の生き霊と思《おぼ》しき埴輪はまさに今、爽良の目の前で最大の窮地を迎えている。

いつもの爽良ならば、さほど迷いもせず助けに入ろうとしていただろう。

けれど、全身が焼け爛れ、苦しそうに彷徨《さまよ》う霊が依の被害者かもしれないと思うと、そう簡単には決められなかった。

依を助けることで、本来癒《いや》されるべき魂に、背を向けることになってしまうような気がしたからだ。

そもそも、生き霊を無理に守らなくとも、依の肉体そのものに影響があるとは考え難い。

ならば、いっそ恨みをすべて受け入れてしまった方が、――と。頭の中で結論を出しかけた、そのとき。

『ミ、……ヨ、コ』

とても小さな声だったけれど、美代子の名を呼ぶ依の声が聞こえた気がして、爽良の心臓がドクンと鼓動した。

「今……、美代子さんの、名前……」

それは、爽良の仮説の信憑性《しんぴょうせい》が一気に上がった瞬間だった。

そんな中、焼け爛れた霊は今にも埴輪を壊さんとばかりに、震える手をゆっくりと伸ばす。

もはや、考えている余裕はなかった。

爽良は一旦《いったん》複雑な感情を捨てて木の陰から飛び出し、埴輪へ向かって一気に駆け寄ると、霊の手に渡る寸前でそれを掴《つか》み取る。

そして、咄嗟《とっさ》の判断で、それを裏庭の奥の方向へ思いきり投げた。

しかし、その反動で地面に倒れ込んでしまい、慌てて起き上がろうとしたものの、辺りに漂う血と煤の濃密な臭いに当てられ、爽良は身動きひとつ取れないまま激しく咽《む》せる。

すぐ傍では、ヒューヒューと乾いた息遣いが響いていて、呼吸もままならない中、全身に震えが走った。

恐怖で顔を上げることもできないまま、おそらく今ので自分も霊の標的になってしまっただろうと、最悪な結末が頭に浮かぶ。

ただ、爽良は自分のしたことの意味を十分に理解していて、このまま霊を見捨て、身勝手に逃げようと思っているわけではなかった。

「……あなたの苦しみが癒《い》えるように、……必ず、努力します、から……」

対話ができる見込みはゼロに等しいと思っていながら、爽良は震える声でそう呟《つぶや》く。

「さっきの、生き霊を、……今だけ、見逃して、もらえませんか」

訪れた沈黙の時間は、気が遠くなる程に長く感じられた。

聞こえてくるのは、おそらく近寄るタイミングを見計らっているスワローの唸《うな》り声と、自分の心臓の音のみ。

「どうしても、……知らなければいけないことが、……あるんです」

空気がみるみる張り詰めていく中、心の奥の方では、こんな理不尽なお願いを受け入れてもらえるわけがないと、妙に冷静に考えている自分がいた。

それでも、一縷《いちる》の望みを託し、爽良は霊の反応を待つ。

すると、霊は永遠にも感じられる程の長い沈黙の後、突如、その場からゆっくりと立ち上がった。

もしかして聞き入れてもらえたのだろうかと、爽良は一瞬気を緩める。

しかし、霊は辺りに視線を彷徨わせたかと思うと、爽良が埴輪《はにわ》を投げたあたりでピタリと視線を止め、まるで爽良の存在をまったく認識していないとばかりにゆっくりと進みはじめた。

その瞬間、やはりこの霊の目には依以外なにも映っていないのだと、――邪魔されたことすら気に留めないくらいに、依だけに執着しているのだと爽良は察する。

だとすれば、爽良の声が届くとはとても考えられなかった。

息苦しい程の同情と虚《むな》しさが、じわじわと心に広がっていく。

それは、自分が向き合おうとしているのは想像以上に救いのないものなのだと、改めて実感した瞬間だった。

しかし、こうして首を突っ込んでしまった以上もう後には引けず、爽良は自分を奮い立たせて体を起こし、駆け寄ってきたスワローの目をまっすぐに見つめる。

「……ここまで来て、依さんの目的を知らずには戻れないから、……私は、依さんを手助けする」

スワローは、珍しく瞳に動揺を映していた。

それでも、爽良はさらに言葉を続ける。

「大丈夫、同情してるわけじゃ、ないから。依さんはきっと、目的を果たすまで同じことを繰り返すと思うし、そうなると、さっきみたいな悲しい霊が鳳銘館に増えるだけでしょ……？　私は、……鳳銘館を、守らないと」

まるで自分に言い聞かせているような言葉だったけれど、スワローは返事の代わりにか、ゆっくりと瞬《まばた》きを返した。

どうやら協力してくれるらしいと察し、爽良はスワローの背中をそっと撫《な》でる。

「だから、……スワローは、あの霊を少しでも足止めしてくれる……？」

そう言うと、スワローはふたたび埴輪を捜しはじめた霊にチラリと視線を向け、フンと鼻を鳴らした。

不満げではあるものの、拒否する素振りはなく、今の爽良にとっては十分すぎる反応だった。

「ありがとう」

爽良はお礼を言い、早速依の生き霊の気配を探る。

すると、さっき埴輪が落下したあたりの草が、不自然にガサッと音を立てた。

まさかと思いながらも駆け寄って草を掻《か》き分けると、そこにあったのは、半分土に埋まった埴輪の姿。

「これは、……同情じゃ、ないですから」

爽良は複雑な気持ちを押し殺してそれを拾い上げ、霊に追いつかれないよう急いで裏庭の奥へ向かった。

悲しくも禍々《まがまが》しい気配を背中に感じながら、爽良は〝苦しみが癒えるように努力する〟という、さっき伝えた言葉を思い浮かべ、あれだけはなにがあっても守らなければならないと誓う。

自分にできることは限られているが、たとえ反対を受けようとも、どんな条件を呑《の》もうとも、碧や御堂に力を貸してもらおうと。

やがて、ローズマリー畑に辿《たど》り着いた頃には、スワローが上手《うま》く足止めしてくれているのか背後の気配はすっかり薄くなり、爽良は足を止めると、埴輪を握りしめていた手のひらを開いた。

「ここに、なにか用があったんですよね……？」

話しかけたものの埴輪に反応はなく、爽良は不安を覚える。

もしまた埴輪から生き霊が抜けてしまっているとすれば、スワローに時間稼ぎを頼んでいる今、戻ってくるのを悠長に待っている時間などないからだ。

「どうして動かないの……？」

爽良はもどかしい気持ちで、埴輪を指先で揺らす。――そのとき。

埴輪はいきなりビクッと首を揺らしたかと思うと、爽良の手から勢いよく転がり落ち、足元に群生するローズマリーの中に紛れ込んでしまった。

しかし驚いている間もなく、突如辺りに不自然な強風が吹き荒れ、爽良は慌てて身を屈《かが》めて目を閉じ、風が収まるのを待つ。

そして、ようやく風が静まってからゆっくりと目を開け、――思わず、息を呑んだ。

なぜなら、ローズマリー畑の中央あたりに、小さく座り込む少女の後ろ姿があったからだ。

即座に、あの少女は依に違いないと、――前に過去の記憶で見た姿と同じだと、爽良は気付く。

つまり、自分はまた誰かの意識の中に入り込んでしまったようだと、散々似たような経験をしてきた爽良は、もはや当然のようにそう認識していた。

ただ、そう考えるには、自分の体の感覚をはじめ、漂う雰囲気や触れる空気がやけにリアルで、次第に違和感が込み上げてくる。

試しに、草に触れたり、自分の手を握ったり開いたりしながら感覚を確認してみたところ、やはり、人の意識の中にいるときのような曖昧《あいまい》さはなかった。

これは現実だとはっきり確信したのは、遠くの方から、かすかにスワローの気配を感じたときのこと。

なぜなら、他人の意識の中にいるときに、現実での出来事が混ざることはまずない。

となれば、今目の前にいる幼い依は、誰かの記憶の中にある光景ではなく、依の生き霊そのものであると考えるのが自然だった。

とはいえ、残留思念や生き霊はとても小さいものだと、だからこそ認識できる者が限られると何度も聞かされている爽良にとって、こうも鮮明に姿を現していること自体が明らかに異常であり、にわかに信じ難い気持ちだった。

その一方で、あの依の仕業となると、自分の常識で測るのは不毛だという気持ちもある。

いずれにしろ、埴輪の中身が依の生き霊だったことが確定した上、こうして目の前に現れた以上、今こそが、依の目的を知るための最大のチャンスであることに違いはなかった。

対話が叶《かな》うのか、むしろこっちの姿が認識できるのかもわからないが、爽良は緊張を押し殺して依にゆっくりと近寄る。

「依、さん」

震える声が、辺りに小さく響いた。

しかし、依に反応はない。

「……どうして、ここに」

続けて問いかけたものの、依は依然として小さく膝《ひざ》を抱えたまま、まったく動く気配がなかった。

聞こえていないのか、もしくは無視しているのか判断できず、爽良はもどかしい気持ちでさらに距離を詰める。――そのとき。

『――美代子、さん』

突如、依が悲しげな呟《つぶや》きを零《こぼ》した。

はっきりと美代子の名を耳にし、爽良は思わず足を止める。

同時に、ふと、ひとつの可能性が浮かんだ。

「もしかして、……ここには、美代子さんの魂を捜しに……？」

返事はないが、さっきの呼び声と、あまりにも寂しげな背中から、もはや聞くまでもないと爽良は思う。

さらに、もし依が生き霊になってまで美代子の魂を捜しているとするなら、美代子の魂が依の手元にあるという説は消えたも同然だった。

ほっとする気持ちもありながら、あまりにも小さく頼りない依の背中に、爽良は戸惑う。

爽良の頭を巡っていたのは、次々と襲いかかってくる霊たちにボロボロにされながら、ひたすらここを目指していた依の姿。

おそらく、現在酷《ひど》いダメージを受けていると思《おぼ》しき依は、こうして自らの生き霊を使うことでしか身動きが取れず、しかも、認識できる者が少ないという生き霊の特性上、埴輪《はにわ》という実体を持たなければ美代子の魂に干渉できないと考えたのだろう。

ただ、御堂が持て余す程に高い能力を持ち、どんな残酷なことでも平然とやってのけるあの依が、弱った末に惨めな姿を晒《さら》してまで美代子を求めたのだと思うと、なんだかたまらない気持ちになった。

長い沈黙が流れる中、爽良はただ静かに依の様子を窺《うかが》う。

本当は、確かめるべきことが山程あるはずなのに、胸が詰まって声が出ず、心の奥の方では、対話はきっと叶わないだろうと言い訳している自分がいた。

ようやく依が動きを見せたのは、途方もなく長い沈黙が経過した後のこと。

依は突如立ち上がったかと思うとゆっくりと空を見上げ、――突如、大声で泣きはじめた。

急なことに爽良は戸惑うが、依は誰の視線も気にしないとばかりに、流れ落ちる涙を拭《ぬぐ》いもせず大声で泣き続ける。

その様子は、今の幼い見た目とまさに相応であり、胸がぎゅっと締め付けられた。

もしかすると、依の心はずっとこのときのまま、――美代子と出会った頃のまま、止まっているのではないかと爽良は思う。

そう考えると、大人になった今もなお垣間《かいま》見える無邪気さや、今日のようにがむしゃらに美代子を求める姿にも、納得がいく気がした。

依の事情や心情については想像でしかないけれど、爽良が見た過去から察するに、母を亡くした後の依にとっておそらく美代子は救いであり、父や兄以上に大きな存在だったのだろう。

愛情表現はあまりに歪《ゆが》んでいるが、深い孤独を抱えた幼い依の心を思うと、すべてをいっしょくたにして非難する気持ちにはなれなかった。

ひたすら響き渡る依の泣き声には、まるで爽良の想像を肯定するかのように、ときどき美代子の名前が混ざる。

見ていられないくらいに苦しい光景だったけれど、爽良には寄り添うことも突き放すこともできず、ただ黙って見守ることしかできなかった。

やがて、依の泣き声は少しずつ弱まり、辺りには徐々に静寂が戻る。

同時に、依の姿も少しずつ消え、間もなく、ローズマリー畑を普段通りの静かな空気が包んだ。

爽良は依然として動けないまま、依がいた場所をぼんやりと見つめる。――そのとき。

「爽良ちゃん」

背後から声が聞こえ、振り返ると碧の姿があった。

その後ろにはスワローもいて、どうやら依を追っていた霊は消えたらしいと爽良は察する。

「碧さん……」

名を呼ぶと、碧は小さく瞳《ひとみ》を揺らした。

「……なんか、わかんないけど、嫌な予感がして」

「…………」

「爽良ちゃんは、……なにか、視たの？」

その問いには、確信めいた響きがあった。

反射的に頭を過《よぎ》ったのは、泣きわめいていた依の姿。

「依さんが、……依さんの生き霊が、美代子さんを捜して泣いていました」

私情を挟まないよう意識したつもりが、語尾がわずかに震えた。

その瞬間、いろいろな感情が一気に込み上げ、視界がじわりと滲《にじ》む。

「なんだか、……いろいろ、わかったんですけど、……逆に、どうしたらいいのか、わからなくなって」

「うん」

「上手く、説明できないんですが……、私は、可哀想って思っちゃっても、いいんでしょうか」

「……口に出さなきゃ、なにを思おうが自由だって私は思う」

「…………」

「あと、……今は、口に出しても私しかいないよ」

碧の言葉は、自分の感情を持て余していた爽良の胸に深く沁《し》みた。

まるですべてを見透かされているような言葉だったけれど、碧のあまりに辛《つら》そうな表情を見ながら、これは見透かしているのではなく、碧もおそらく同じ気持ちなのだろうと爽良は察する。

むしろ、長年依と関わってきた碧の方が、よほど苦しいだろうと。

爽良は頷《うなず》き、躊躇《ためら》いながらもゆっくりと口を開いた。

「さっき、裏庭を歩いてるときに、……依さんに強い恨みを持つ霊を、立て続けに二体も視たんです。本当に苦しそうで、怒りに満ち溢《あふ》れていて、すごく怖かったんですけど、……でも、私の存在に気付かないくらい、依さんだけに執着していて」

「うん」

「改めて、……依さんはこれまでに、到底許されないことを繰り返してきたんだろうって、思ったんです」

「……うん」

「だけど、それでも、……彼女がそうなるに至った、幼い頃から抱えていた強い寂しさだけは、少しくらい癒《いや》されてもいいんじゃないかって、私は……」

決して、正しい答えを出したいなどと思っているわけではなかった。

それ以前に、正しい答えが存在するのかどうかすら、わからなかった。

けれど、訥々《とつとつ》と口にする中で、これが自分の思いのすべてであり、あってほしい未来なのだろうと、密《ひそ》かに納得していた。

碧は爽良の言葉を噛《か》み締めるように、何度も頷く。

「うん、……私も、そう思ってる。だからって、なにが依ちゃんにとっての癒しになるのかは、わからないんだけど。……依ちゃん自身が強く求めてる美代子さんの魂は、爽良ちゃんの話を聞く限り、もうこの世に留《とど》まっていないみたいだし」

「……そう、ですね。もちろん、留まっていたとしても、彼女に渡すわけにはいかないんですが……」

「それは、まあ、……そうなんだけど」

「…………」

「……っていうかさ、そもそもの話、美代子さんっていったいどうやって成仏したんだろうね」

「え……？」

ふいに碧が呈した言葉で、爽良の心にふと、前にも浮かんだ疑問が蘇《よみがえ》ってきた。

高い能力を持つ上に美代子への強い執着心を持っていた依が、なにより欲していたであろう美代子の魂を取り逃すなんてことがあるだろうかと。

むしろ、依の手元に美代子の魂がある説が濃厚となったのも、依に限ってそんなミスはあり得ないと考えたからだ。

しかし、実際に依の手元にないことはほぼ確実であり、爽良がこれまでに遭遇した美代子の気配も、すべて小さな残留思念でしかなかった。

「言われてみれば、……不思議、ですよね」

「ありえないのよ。……普通に考えれば」

理由は言うまでもなく、まずもって、霊感すら持っていない美代子が自らの力で依から逃れたとはとても考えにくく、美代子が成仏するためには、誰かの助けがないと難しい。

ただ、依に目を付けられた美代子を逃してやれる人物など、そう多くは思い当たらなかった。

「もしかして、庄之助さんがなにか……」

思い浮かんだまま口にすると、碧もそう考えていたのか、小さく頷く。

「……まあ、その可能性は、高いよね」

碧に同意されると、予想が一気に確信に変わった。

とはいえ、爽良としては、庄之助が依になんの救いも残さずにただ美代子だけを救ったという考えには、なんだか違和感があった。

しかし考えてもわかるはずもなく、爽良は重い溜《た》め息をつく。そして。

「やっぱり……、依さんに会って話を聞いてみないと、なにも始まらないし終わらないってことですね」

結局はそれしかないのだと、爽良は改めてそう思っていた。

これまでは、依を捜すことに対してどうしても躊躇いが拭《ぬぐ》えなかったけれど、今日まさに自分の目でいろいろなものを見て、ようやく真実に迫りつつある今はもう、すっかり覚悟が決まっていた。

そんな爽良に、碧は深く頷く。

しかし、その後すぐさま表情を緩め、いたずらっぽく爽良の肩を小突いた。

「……ってかさ、なんで一人なの？」

に」

「礼央くんに決まってるでしょ。彼、爽良ちゃんにどこまでも付き合うって言ってたの

「はい……？」

「………」

「さしずめ、またなにかややこしいことでも考えてるんだろうけど」

「そ、それは……」

緊迫した空気を一瞬で振り払った碧に、爽良は唖然《あぜん》とする。

この素早い切り替えこそが碧たる所以《ゆえん》であり、ずいぶん慣れてきたとはいえ、痛いところを突かれてしまったぶん上手《うま》く躱《かわ》すことができなかった。

「どうせまた、心配かけたくないとかでしょ？　いや、こういうことは、自分だけでなんとかできるようになりたいし……、みたいな？」

なかなか答えない爽良の代わりに、碧は次々と正解に迫っていく。

「ちょっ……、待ってください」

慌てて遮ると、碧はやれやれといった様子で苦笑いを浮かべた。

「ねえ、ずっと気になってるんだけどさ……、そもそも爽良ちゃんは、彼と離れる未来なんて想像できんの？」

「な、なんの話を……」

「いや、付き合うとか結婚とかそういう形式の話じゃなくて、もっとずっと本質的な意

味で」

「本質的……、と言われましても」

「向こうは多分、想像もしてないんだろうなと思って。……そこをグダグダ考えてるのって、いつも爽良ちゃんだけっぽいし」

「そ、そんなこと……！」

咄嗟《とっさ》に否定したものの、一緒にロスに行こうと誘われたつい昨日のことが頭を過り、言葉に詰まる。

碧はその反応からすべてを見透かしたとでも言わんばかりに、どこか大袈裟《おおげさ》な仕草で頭を抱えた。

「いや……、まあ爽良ちゃんの人生だから、私がどうこう言う話じゃないんだけどさ。自分にブレーキかけてる原因が、足を引っ張っちゃうかも……とか、迷惑になるんじゃ……みたいなことなら、いい加減腹を括《くく》った方がいいよ。あっちはすでに、そんなところにいないんだから」

「…………」

碧になんの根拠があって断言しているのかはわからないが、「あっちはすでに、そんなところにいない」という言葉には、妙な説得力があった。

礼央はいつもずっと先にいて、自分だけが同じ場所でいつまでも右往左往しているという自覚が、十分過ぎる程あるからだ。

とはいえ、そこから脱出するにはそれ相応の自信が必要なのだと、爽良は心の中で必死に言い訳を並べる。

ただ、口に出せない時点で言い訳としてすら成立していないことにも、残念ながら気付いていた。

どうすることもできずに俯《うつむ》くと、碧は爽良の肩をぽんと叩《たた》く。そして。

「ともかく、人のことばっかりじゃなくて、自分の願いも叶《かな》えてあげなさいよ。爽良ちゃんの人生の主役は、爽良ちゃんなんだから」

そう言って、さっきまでのことなどまるでなかったかのように明るく笑った。

どこかで聞いたようなセリフではあるが、実際納得できる部分もあり、爽良は躊躇いながらも頷く。

「それは、そうですが……」

「ですが、じゃなくて、そうなんだってば」

「……わ、わかりました」

流された感は否めなかったけれど、ただ、碧から強引に説き伏せてもらったお陰か、爽良の心の奥の方でずっと動かなかったなにかが、小さく音を立てたような感触を覚えた。

そんな中、碧は突如携帯を取り出し、スケジュールを開く。

「っていうわけで、朝になったら早速依ちゃんの捜索会議しようよ。……正直、礼央くんをのけ者にできない理由は、そこにもあるんだよね。美代子さんの魂が依ちゃんの手元に無いって知ったら、吏はやる気をなくすかもしれないし」

「そ、そんなことはないと……」

「ともかく、人手は多い方がいいから。……あと、集まる前までに、さっきの出来事をちゃんと報告しておいて」

「……えっと」

「まさか、誰に？　なんて聞かないよね」

「い、いいえ」

「じゃ、決まりで！……何時にしよっか。さっきは朝って言ったけど、もう二時回ってるし、起きられる気がしないからやっぱお昼くらいだね」

碧は遊びの計画でも立てるかのように軽い口調でそう言い、爽良を手招きしながら建物の方へ向かう。

ただ、去っていく後ろ姿はいつもよりどこか小さく見え、ああやって明るく振る舞うのは碧なりの心を保つ手段なのかもしれないと、つい勝手に想像してしまっている自分がいた。

しかし今は人の心配をしている場合ではなく、爽良には、先程の出来事を礼央に報告せねばならないという頭の痛い問題がある。

こんなことになるなら最初から巻き込んでおけばよかったと後悔しながら、爽良は重い足取りで碧の後を追った。

翌朝、爽良は覚悟を決めて礼央の部屋を訪ね、昨晩の裏庭での出来事をすべて報告した。——ものの。

礼央は、爽良が礼央に声をかけなかったことに関して、まったく触れなかった。

「——そういうわけで、美代子さんの魂はすでに成仏してるっていう説が濃厚になって……」

「謎は、どうやって成仏したのかってことだよね」

「そのことも少し話したんだけど、庄之助さんがなにかしたんじゃないかなって……。もちろん、なんの確証もないただの予想だけど……」

「なるほど。……で、改めて、依さんを捜すための作戦会議をする流れになったってこと？」

「うん。碧さんが、正午に談話室に集まってほしいって」

礼央は真剣に話を聞いてくれ、理解も早く、報告はあっという間に終わったけれど、話が一段落してもなお爽良が覚悟していた話題にはならず、爽良は逆に不安を覚えていた。

とはいえ、自分から切り出す勇気もなく、なんとなく落ち着かない気持ちで礼央の顔色を窺《うかが》う。

しかし、礼央はいたって普段通りで、胸の中になにかを秘めているような気配はまったく感じられなかった。

いつもなら理由くらいは聞いてきそうなのにと、爽良の中の違和感が、次第に膨らんでいく。

ただ、なにも言ってこない理由としてひとつ思い当たるとすれば、爽良が一人で行動するに至った心の機微までを、すべて見透かしている可能性。

むしろ、よくよく考えてみれば、「礼央のお荷物になりたくない」という宣言からの単独行動はある意味短絡的とも言え、ただでさえ聡《さと》い礼央がそこに気付かないとは思えなかった。

つまり、なにも突っ込んでこないのはあえてなのだと確信した途端、なんだか居たたまれない気持ちになり、爽良は深く俯く。

一方、礼央はそんな爽良の思いを他所《よそ》に、時計を確認して眉間《みけん》に皺《しわ》を寄せた。

「正午まで中途半端に時間が空くけど、どうする？」

「あ、……じゃあ、先に掃除を済ませようかな……」

「そっか。俺も適当に仕事してから行くよ」

「……あの」

「うん？」

「いや、……また、あとで」

「うん」

無策の癖に、中途半端になにかを言いかけてしまったのは、言うなれば、不安の表れだった。

爽良は自分の下手さに辟易《へきえき》しながら、礼央の部屋を後にする。

正直、そのときの爽良は、自分がどうしたいのか、どうであればベストなのかを、完全に見失っていた。

礼央の人生のお荷物になりたくないという思いは嘘ではないが、かといっていきなり遠いところへ行かれてしまうのも、本音を言えば怖い。

しかも、いきなり浮上したロス行きの話が、「遠いところ」という本来は曖昧《あいまい》なはずの言葉を、一気に具体的にしてしまった。

爽良はぐちゃぐちゃになった頭を一旦《いったん》切り替えようと、階段下の用具入れからモップを取り出し、廊下の掃除を始める。

しかし、そんな状態で身が入るはずもなく、時刻はあっという間に十一時を回った。

爽良はすぐにうじうじと悩んでしまう自分にうんざりしながら、用具入れにモップを仕舞い、まだ早いと思いつつも談話室へ向かう。

しかし、談話室にはすでに碧の姿があり、爽良の姿を見てひらひらと手を振った。

「碧さん、早いですね」

「で、大丈夫だった？」

「…………」

唐突な問いだが、なにを聞きたいかはもちろんわかっていた。

爽良は碧の隣に座り、小さく膝《ひざ》を抱える。

「報告ならしましたよ。後で来るそうです」

「一人で行動するなってネチネチ言われた？」

「……礼央はネチネチしてません。というか……、なにも言われませんでした」

「は？」

「単独行動したことにはまったく触れず、昨日の報告をただ静かに聞いてくれただけです」

「……あの礼央くんが？」

「はい」

ポカンとする碧を見ながら、まさに想像通りの反応だと爽良は思う。

もっと言えば、礼央の過保護具合を一番面白がっている碧が次になにを言ってくるかも、だいたいわかっていた。――しかし。

「……へえ、彼もやっぱ人間なんだね」

返されたのは、予想とはまったく違う言葉だった。

「え？」

キョトンとする爽良に、碧は小さく肩をすくめる。

「どんなに構いたくとも、相手があまりに自立しようとしてると、頼れって言うのが不安になってくるものだからね。自分は必要ないんじゃないかって気になるしさ。……もっとも、あの人はそういう繊細さをいっさい持ち合わせてないと思ってたんだけど、人間だったんだなって」

「あの、話がよく……」

「単純に、大切な人から拒絶されるのは誰だって怖いって話」

「拒絶……？」

「礼央くんは、怖かったんじゃない？　その話題に触れるのが」

理解が追いつくより早く、頭を思いきり殴られたかのような衝撃を覚えた。

思い返してみれば、自分のことでいっぱいいっぱいだった爽良は、邪魔になりたくないという思いが先立つあまり、自らの発言や行動を礼央の立場になって顧みたことはない。

むしろ、これまでの爽良は、礼央から手を差し伸べられることが当たり前であるかのように、取ってみたり離してみたりと、甘やかされるままにどっちつかずな反応を繰り返している。

そんな状態でロス行きを提案することは、礼央にとって大きな賭《か》けだったのではないかと、――自分に置き換えて想像した瞬間、胸が締め付けられた。

同時に、自分はもっとも望まれない反応をしてしまったのではないだろうかと、じわじわと後悔が押し寄せてくる。

「だ、だけど……、礼央がいつも、どんなことでも、サラッと言うから……」

「いや、なにをサラッと言われたのか知らないけど、彼は私が知るすべての人間の中で、一番隠すのが上手いからさ」

「…………」

かろうじて呟《つぶや》いた言い訳も、碧のひと言によって一瞬で効力を失う。

碧は青ざめる爽良を見ながら、苦笑いを浮かべた。

「ほら、人ってそんなに強くないからさ。自分が弱いと思ってるうちは、気付かないものなんだろうけど」

その言葉は、まるでトドメのように爽良の胸に深く刺さった。

ただ、それは同時に、自分のよくない部分をはっきり自覚した瞬間でもあった。

「私……、きちんと向き合ってるつもりになってたけど……、全然だったかもしれません……」

「私にはよくわかんないけど、そういう反省もほら、ある種の成長だから。むしろ、人と関わってこなかったっていう爽良ちゃんにしては上出来じゃない？」

「だ、駄目です……。これ以上、甘やかされるわけにはいきません……。というか、なんだか急に、手遅れになりそうな予感がしてきました……」

「うん？」

「もっと、ちゃんと、話さないと……」

「……いや、なにがあったか俄然《がぜん》気になってきたんだけど、ともかく、そう思うなら話しなよ。時間は無限じゃないんだから」

口調は軽いが、とても身につまされる言葉だった。

爽良はまったく収まる気配のない動悸《どうき》を持て余し、深呼吸を繰り返す。

そのとき、御堂が談話室に顔を出した。

「お疲れ。早いね」

「そ、掃除が、早く終わりまして……」

そういえばこれから作戦会議だったと、途端に我に返った爽良は慌てて返事をする。

明らかに不自然な態度だったはずだが、爽良の挙動不審な態度にすっかり慣れているのか、御堂に気にする素振りはない。

ふと、こういう些細《ささい》なことに真っ先に反応するのはいつも礼央だと、改めてそんなことを考えている自分がいた。

やがて、礼央が談話室にやって来たのは、ちょうど正午を回った頃。

爽良としては、すぐにでも話がしたいくらいの気持ちだったけれど、さすがに今はそういうわけにはいかなかった。

そして、全員がソファに座ると同時に口を開いたのは、この作戦会議の発案をした、碧。

「じゃあ早速だけど、まずは状況の整理からね。吏にも礼央くんにも軽く共有済みの内容だとは思うけど、依ちゃんは今、自分の生き霊を使って美代子さんの魂を捜していて、でも当の美代子さんは成仏してる説が濃厚。そこには庄之助さんの手助けがあったんじゃないかっていう予想をしてるけど、確証はなし。……って感じ」

爽良からすれば、昨晩はあまりに多くのことを見たり知ったりと怒濤《どとう》の体験をしたような感覚があったけれど、こうしてまとめられると、その内容は思っていたよりもずっと簡潔だった。

「その話、さっき碧から聞いたままじゃん。つまり、ほぼ進捗《しんちょく》なしってことでしょ？集まってどうすんの」

御堂はそうぼやき、早速気怠《けだる》そうにソファに背中を預ける。

しかし、碧はそんな御堂を睨《にら》みつけ、さらに言葉を続けた。

「美代子さんが依ちゃんに捕まってないことがわかったからって、急に怠そうな顔しないでよ。あんたの妹の話をしてるのに」

「美代子さん云々《うんぬん》っていうか、単純に、進捗がない以上捜しようがないって言ってるんだけど」

「いーや、あんたは絶対にやる気をなくしてる」

「ちょっ……、碧さん……！」

やけに突っかかる碧を、爽良は慌てて止める。

碧はひとまず矛《ほこ》を収めたものの、纏《まと》う空気には、珍しいくらいに苛立《いらだ》ちが露《あら》わになっていた。

この様子だと、事前に碧と御堂が情報を共有した時点で一度衝突している可能性もあると、爽良は溜《た》め息をつく。

ただ、昨晩、依を捜したいと言った碧の切実な気持ちに共感する一方で、進捗がなければ捜しようがないという御堂の言葉もまた事実であり、爽良としても正直複雑な気持ちだった。

そのとき。

「っていうか、爽良ちゃんはさ、依の生き霊からなにかヒントを得られなかったの？生き霊って言えば、爽良ちゃんの専門分野じゃん」

ふと疑問を呈したのは、御堂。

内容云々の前に専門分野はさすがに言い過ぎだと、爽良は慌てて御堂に視線を向け、

――ふと、わずかに引っかかるものを覚えた。

気怠げな態度を見せながらも、その瞳《ひとみ》の奥に、ほんの一瞬、強い意志のようなものを感じたからだ。

その正体はよくわからないが、少なくとも爽良には、表に出している態度とは真逆の、とても熱いものに見えた。

案外、碧の心配は杞憂《きゆう》ではないだろうかと爽良は思う。

かたや、御堂は不思議そうに眉《まゆ》を顰《ひそ》めた。

「爽良ちゃん？　なんで固まってんの？」

その言葉で咄嗟《とっさ》に我に返った爽良は、慌てて記憶を探る。――そして。

「あ、……す、すみません。なんでもないです。えっと、ヒントになるようなものはとくに――」

無いと一度は言いかけたものの、思わず言葉を止めた。

ヒントと口にした瞬間、昨晩埴輪《はにわ》を追いながら浮かんだひとつの可能性が、鮮明に蘇《よみがえ》ってきたからだ。

「あの……、ヒントというか、ひとつ思ったことが……」

「うん？」

「依さんは、……想定よりもずっと近くにいるんじゃないかと」

思い浮かんだままを口にすると、皆の視線が一気に爽良に集中する。

たちまち空気が緊張を帯びる中、爽良はさらに言葉を続けた。

「依さんは、美代子さんの魂と接触したくて、……というか、認識してもらいたい目的で、自分の生き霊の器として埴輪を使っていたと思うんですが、……そのせいで自分の気配が目立ってしまい、明らかに依さんを恨んでいる霊に次々と狙われていたんです。裏庭を移動するだけで、埴輪がボロボロになってしまうくらいに。だから、遠くからここを目指すのは、現実問題、無理ではないかと……」

しかし、御堂は険しい表情を浮かべる。

「って言うけど、器を乗り換えながら長距離移動してきた可能性もあるでしょ？　鳳銘館に近付いてから埴輪に宿ったのかもしれないし」

「ですが、器がなんでもいいんだったら、わざわざ素焼きの埴輪なんて動き辛《づら》そうなものを選ぶでしょうか……。もし生き霊として他人の家に自由に入れるなら、例えば人形とか、もっと選びようがあると思うんです。だから、きっとなんでもいいわけじゃなくて、むしろ宿れるものがかなり限られていて、依さんの近くにはあの埴輪しかなかったんじゃないか、って」

「宿れるもの、ねぇ。……確かに、生き霊なんて霊に比べりゃだいぶ小さいし、宿った上に動かすとなると、なんでもいいってことはないか。……となると、近くに隠れてるって説も、一理あるのかも」

「ですよね……？　あと、その埴輪は細工がとても細かい工芸品で、高価そうに見えましたし、どこにでもあるようなものではなかったというか。……つまり、そういうものの保管庫みたいな場所に隠れてるんじゃないかって」

御堂に一理あると言われ、爽良は密《ひそ》かに高揚していた。

爽良の推測が正しければ、依の居場所の候補がかなり絞れるのではないかと、初めて小さな可能性を感じられたからだ。

しかし。

「ねえちょっと待って。近くにいるって予想は、さすがにちょっと厳しくない？　だって、依ちゃんはずっとこの辺りで活動してたわけだから、近い場所程、依ちゃんに恨みを持つ霊が多いわけでしょ？　それらから身を守るってなると、相当強い結界が必要になるよね？　そんなのを張れるくらい気力が余ってるなら、閉じこもる必要なんてなくない？」

言葉を挟んだのは、碧。

言われてみればその謎も残っていたと、爽良は頭を抱えた。

まずもって、依が器として不自由な埴輪を選んだ時点で、爽良の中では、依に協力的な人間はいないらしいという結論が出ている。

ただし、依が近場で身を隠すためには強い結界が必要だということなら、その結論が大きく揺らいでしまう。

「そりゃ、なんにも聞かずに結界だけ張ってくれるような便利な人がいれば別だけど。……とはいえ、強い結界を張れるような能力者が、事情も聞かずに協力なんてしないだろうし。そう考えると、少なくとも依ちゃんが活動範囲としていた都内で身を隠すのは、無理があるよ」

「で、ですが……、もし遠くに隠れてる場合は、あの埴輪を使ってここまで来られた理由が……」

「つまり、どっちの説を立てても矛盾するってことだよね。……だったら、いっそ両方の説を一旦《いったん》忘れて、ゼロから考え直した方がよさそうな気もするけど」

「ゼロから、ですか……」

せっかく依の居場所に迫ったかと思いきや行き詰まってしまい、爽良はがっくりと肩を落とす。

ただ、協力者なくして隠れる方法か、または遠くから生き霊を使って鳳銘館を訪れる方法が思い当たらない限りは、どちらの説も現実的でないことは確かだった。

するとそのとき。

「……何も聞かずに、結界だけ、ねぇ」

御堂が突如、ぽつりと意味深な呟《つぶや》きを零《こぼ》す。

見れば、御堂はぼんやりと天井を見つめたまま、なにか真剣に考え込んでいる様子だった。

「どうしました……？」

気になって尋ねると、御堂は悩ましげに眉間《みけん》に皺《しわ》を寄せる。

「いや、……とくに意味のない考察なんだけど、万が一、そんな都合の良い協力者が存在するとして、依とどういう関係性なら納得がいくだろうって思って。依は弱ってるわけだし、とくに見返りを求めず……ってことじゃん？」

その言葉に、碧がいかにも面倒臭そうな表情を浮かべた。

「あのさ、その説は一旦忘れようってたった今……」

「だから、ただの無意味な考察だってば。でも、単純に気になるんだよ。結界は張るけど、生き霊の器に関しては協力せず——って、中途半端だなぁって」

「だからこそ、あり得ないって話になったんじゃない」

「でも、それって本当にあり得ないことなのかな。人間って、どんなときもゼロか百かの答えなんて出せないもんでしょ。……ちなみに、碧ならどうしてた？」

「は？」

「もし、依から助けてって相談されてたら」

「…………」

「協力も拒絶もできないまま、とりあえずの対策を打って先延ばしに……みたいな中途半端なこと、考えない？　それとも、自業自得だから死ねって言った？」

御堂から畳みかけられ、碧はわかりやすく動揺していた。

かなり酷な問いだが割って入れるような隙はなく、爽良はハラハラしながら二人を見守る。

しかし、碧はそのまま黙り込んでしまい、結局、答えを出すことはなかった。

御堂もまた、とくに急《せ》かす様子もなく肩をすくめる。

「そういうさ、どっちつかずの協力者なら、いても別に不思議じゃないよなぁって思ったんだよ。……なんとなくだけど」

最後はひとり言のようなトーンだったけれど、爽良はそれを聞きながら、小さな胸騒ぎを覚えていた。

御堂の「いても別に不思議じゃない」という言い方があまりに澱《よど》みなく、もしかして、本当は心当たりがあるのではないかと思ったからだ。

本人が無意味な考察だと言っている以上掘り下げ難いけれど、そもそも、この局面で無意味なことを口にすること自体、いつも合理的な御堂らしくないように思えた。

もっと言えば、わざわざ碧にあんな質問をしたのも、自分の考察の確信を得るためではないだろうかと、爽良の中でどんどん仮説が膨らんでいく。

「それって、……たとえば御堂さん的には、どんな相手なんですか」

思わず口を衝《つ》いて出てしまい、御堂が瞳《ひとみ》を揺らした。

「いやいや、だから、それを考えてるっていう話じゃん」

口調は軽いけれど、その目にかすかに表れた動揺を、爽良は見逃さなかった。

しばらく静かに話を聞いていた礼央もまた、御堂に視線を向ける。

「無意味でいいから、俺もその考察の続きが知りたい」

無意味という言葉にそぐわず、談話室は異様な緊張感に包まれていた。

爽良は、ただ黙って御堂の反応を待つ。――そのとき。

「……あれ？」

御堂が突如、庭に面した窓の方に視線を向けた。

見れば、窓にかかるカーテンが不自然に膨らんでおり、その奥から、よく知る気配が伝わってくる。

「紗枝ちゃん……？」

名を呼ぶと、カーテンがゆらりと動き、奥からこっそりと紗枝が顔を出した。

途端に、碧が目を見開く。

「え、いたんだ？　気配薄……！　もうこの子、成仏間近でしょ」

話は途切れてしまったけれど、張り詰めていた空気がわずかに緩んだことに、爽良は内心、少しほっとしていた。

ただ、碧が言ったように、成仏が近くめっきり姿を見なくなっていた紗枝が二日連続で現れたことには、なんだか不穏な予感がしてならなかった。

しかも、紗枝は臆病《おくびょう》であり、普段はロンディの傍か、爽良が一人でいるときでなければ、なかなか出てきてくれない。

「紗枝ちゃん、なにかあった……？」

なんだか不安になり、爽良は紗枝の傍へ行って視線を合わせた。

すると、紗枝は爽良の手にそっと触れる。――そして。

『あの人、また、来る？』

弱々しい声で、そう口にした。

紗枝の言う「あの人」が誰を指しているかは、聞くまでもない。こうも怖がる相手など、かつて紗枝を捕獲した依以外にいないからだ。

おそらく、昨日から鳳銘館に依の気配が途切れず、落ち着かないのだろう。

「大丈夫、もうどこにもいないよ」

『………』

「それに、今の依さんは紗枝ちゃんになにもできないから」

少しでも安心してもらえるよう笑いかけてみたものの、紗枝はどこか納得いかない様子で視線を落とした。

その様子に胸が詰まり、依とはやはりとても罪深い人だと、爽良の心に複雑な思いが広がっていく。——そのとき。

『でも、……また、来るよ』

ふいに紗枝がそう断言し、そこにいた全員が反応した。

「え？　また来る、って……？」

問い返しながら、爽良の鼓動はみるみる速くなっていく。

すると、紗枝はわずかに顔を上げ、廊下の方をゆっくりと指差した。

『だって、……あっちに、いるから』

「あっち……？　って、裏庭……？」

『ううん、あっちの、もっとずっと遠く』

「ねえ、もしかして、……依さんの居場所がわかるの？」

『わかる』

紗枝がふたたび断言した途端、爽良の心臓がドクンと大きく揺れた。

「……今も、あっちにいるってこと？」

『いるよ。今は動いてない、けど……、また、絶対来る。……だって、昨日もあっちから、ちょっとずつ、近寄ってきたから』

「…………」

まさかの展開だったけれど、誰よりも依の気配を警戒している紗枝ならば十分にあり得ると爽良は思う。

そんな中、礼央は携帯のマップを開いて紗枝が指差す方向にラインを引き、皆に画面を向けた。

「ここからだいたい北北東だね。方角がわかっただけでも、かなりの収穫かも。とはいえ〝遠く〟の距離感がわかんないから、この延長線上の、栃木やら福島やら、宮城に岩手までが全部候補になるけど」

確かに、かなり範囲が狭まったとはいえ、海岸線までをすべて範囲とするなら礼央の言う通りまだまだ広い。

そんな中、碧は礼央の携帯を覗《のぞ》き込んだかと思うと縮尺を一気に上げ、鳳銘館の周囲を表示させた。

「いやいや、なわけないでしょ。この子の方が私たちよりずっと気配に敏感だってのはわかるけど、さすがに何十キロも先にいる特定の誰かの気配を見つけるなんて、あり得ないから。なにせ、霊やら生き霊なんてうじゃうじゃいるわけだし、せいぜい十キロくらいまでが限界じゃない？……だから、鳳銘館の近くから徐々に線を辿《たど》っていけば、そのうち怪しい場所が——」

勢いよく話していた碧の語尾がプツリと途切れ、全員の視線が集中する。

「碧さん……？」

名を呼んでも反応はなく、碧はマップの一点に集中したまま、不自然に硬直していた。

なんだか嫌な予感がして、爽良は碧の横へ並び、その視線の先を確認する。——そして。

「え……、ここ、って」

思わず、声が震えた。

なぜなら、礼央がマップの画面上に引いた線と、「善珠院」の文字が重なっていたからだ。

善珠院とは、御堂の実家の寺であり、つまり依の生家でもある。

依はすでに勘当されたと聞いているが、奇《く》しくも条件が揃ってしまった以上、無関係だと無視するわけにはいかなかった。

「み、御堂さん……、あの……」

戸惑いながらも視線を向けると、御堂は方角や爽良たちの反応から察したのか、画面を見もせずに険しい表情を浮かべる。

「いや、さすがにそんなことは、……って思うけど、……でも」

「でも」で途切れた言葉が、戸惑いを語っていた。

談話室に、長く重い沈黙が流れる。

爽良はそんな中、もし依が善珠院に隠れているとすれば、――さらに、住職が協力していたなら、すべての矛盾が解消されると密《ひそ》かに考えていた。

なにせ、住職こそ鳳銘館の三〇一号室に強い結界を張った張本人であり、依を悪霊から保護することが現実的に可能だからだ。

さらに、依が自らの生き霊を器に入れて動かしさえしなければ、紗枝が気配に気付くことも、爽良たちの間で善珠院が候補に上がることもなく、つまり盲点であり完璧《かんぺき》な隠れ場所と言える。

ただ、御堂の複雑な心情を想像すると、爽良にはなかなかそれを口に出すことができなかった。

一方、礼央はいたって平常通りの様子で、御堂に視線を向ける。

「とりあえず、実家に確認してよ。あんたのお父さんが、娘を匿《かくま》ってるかどうか」

あまりに直接的な言い方に、談話室の空気がピリッと張り詰めた。

ただ、爽良にはなにも言うことができず、固唾《かたず》を呑《の》んで御堂の反応を待つ。――すると。

「正直、なにも聞かずに結界だけ張ってくれる都合のいい相手がいるかどうかって話題になったときから、薄々、浮かんでたんだよね。……親父のことが」

御堂は感情の読めない淡々とした口調で、そう口にした。

すると、碧が少し気まずそうに口を開く。

「……でもさ、依ちゃんは勘当されてるわけじゃん」

それは、爽良も疑問に思っていた、まさに善珠院が盲点となった大きな要因。

御堂は少し考え、小さく首を横に振った。

「そうは言っても所詮《しょせん》は親だし、死にかけた娘を放っておける程冷酷にはなれないんじゃないかって。親父はまさに、見返りを求めず中途半端に手助けしてしまう、数少ない存在の一人に該当するってことだよ」

途端に爽良の頭を過《よぎ》ったのは、まさにその話題のときに、御堂が碧に対して言った言葉。

――〝協力も拒絶もできないまま、とりあえずの対策を打って先延ばしに……みたいな中途半端なこと、考えない？　それとも、自業自得だから死ねって言った？〟

もしかして、あのときの御堂は碧ではなく、父親のことを考えていたのではないだろうかと、爽良は思う。

「あの、……御堂さんは、もう確信してるんですか……？」

こわごわそう尋ねると、御堂はどこか困ったように笑った。

「……ちなみに、爽良ちゃんが見たって言ってた埴輪《はにわ》だけど」

「いかにもうちの物置にありそうだなって思ってさ。君も前に入ったでしょ？　うちに、雛人形《ひなにんぎょう》を捜しに来たときに」

「あ……！」

思い出したのは、善珠院の本堂にある、物置として使われている部屋。

確かに爽良も一度入ったことがあるが、そこには、人形や人を描いた掛け軸など、「霊が憑《つ》いているかもしれない」という相談とともに一般から持ち込まれたものが、大量に保管されていた。

御堂によれば、「危険な霊なら親父が祓《はら》ってる」ということだったが、とにかく数が多く、中で感じたたくさんの気配を、爽良は今も鮮明に覚えている。

「まさか、あそこに……？」

「善珠院なら、あそこかなって。元々強い結界が張られてるし、依が隠れるには最適だと思う。埴輪のような動物を模した工芸品もゴロゴロありそうだし」

「で、ですが、……あそこで保管されているものには、すでに霊が入ってるんですよね……？　器として使えるんですか……？」

「いや、先客がいれば普通は無理だね。奪い取ろうにも生き霊の方が全然小さいし、たとえ依が弱ってなかったとしても難しいはず。……ただ、弱い霊なら自然に浮かばれるパターンが多いから、埴輪はたまたま空っぽだったんじゃないかな」

「……なる、ほど」

「まさに、選択肢がなかったって感じじゃん、素焼きの馬の埴輪なんて。見つけたときの依の不満げな顔が目に浮かぶよ」

御堂はそう言って笑うが、その表情はどこか痛々しく、爽良はどう反応していいかわからなかった。

談話室の空気が、たちまち重く沈む。——しかし、そのとき。

突如、礼央がソファから立ち上がった。

「じゃあ、さっさと確かめに行こうよ。で、もし本当に依さんがそこにいた場合、〝秘密のレシピ〟の心当たりを聞いて、それで庄之助さんの目的を果たして、……とにかく、この件を全部スッキリさせよう。少なくとも、俺らの中で」

口調はいつも通り冷静だが、「全部スッキリさせよう」という言葉には、いつになく感情が籠《こも》っているような気がした。

爽良は頷《うなず》き、それから御堂の反応を窺《うかが》う。

すると、御堂はかなり気が重そうな表情を浮かべながらも、やがてゆっくりと頷いてみせた。

「……だね、行こう。正直、スッキリした終わりがあるとは思えないけど、依に会うことで、庄之助さんの思う結末にはたどり着けるのかもしれないから。……上原くんの言う〝少なくとも、俺らの中で〟って、そういうことでしょ？」

「まあ、そうだね。俺は正直、依さんの今後については興味ないし」

「……こういうとき、君みたいにフラットな人がいるとありがたいよ。こっちも冷静になれるっていうか」

御堂はやれやれといった様子でそう言うと、ポケットから携帯を取り出す。

しかし、そのとき。

「もし実家に連絡を入れる気なら、やめてね。あんたのお父さんがどこまで依さんに肩入れしてるか、まだわからないんだから」

礼央の言葉で、御堂はぴたりと動きを止めた。

「礼央、そんな言い方……」

一理あるものの、口調があまりにきつく、爽良は慌てて礼央を止める。

かたや、御堂はふたたび携帯をポケットに仕舞いながら、すっかりいつもの調子で笑った。

「いや、大丈夫。……むしろ、ちょっと目が覚めたわ。今日はほんと、君がいてよかった。ありがとう」

「あんたのためじゃないよ」

「知ってる」

正直、あまり本音の読めないやり取りだったけれど、礼央の言葉によって、御堂が纏《まと》っていた不安定さが払拭《ふっしょく》されたのは確かだった。

「なら、支度ができたら玄関集合ね」

御堂はそう言い、早速談話室の出入口へ向かう。

しかし、ふとなにかを思い出したように、碧の方を振り返った。

「……そういえば、碧はどうすんの？」

正直、爽良にはその問いの意味がわからなかった。

碧も一緒に行くものだと、当然のように思い込んでいたからだ。

けれど、当の碧は複雑そうな表情を浮かべ、小さく肩をすくめる。

「いや、そりゃ行きたいけどさ……、でも、住職がもし依ちゃんを匿ってるとしたら、そういう自分の隙みたいな部分を私に知られるのは嫌だろうし、それで無駄に口を閉ざされるのもなー……って思って」

その言葉を聞いて爽良が思い出していたのは、善珠院の後継者問題。

息子である御堂に継がせる気満々の現住職と、やる気の見えない御堂よりも碧に継がせたいと狙っている碧の母親は、裏で対立関係にあるとのこと。

肝心の本人たちは我関せずといった様子だが、住職の立場になって考えると、碧に弱みを握らせるようなことはしたくないだろう。

となると、碧が行くことによって懸念通りシラを切られたり、下手すれば捜索させてもらえない可能性もある。

ただ、爽良としては、最初に依と接触すべきなのは、まさに見返りを求めず純粋に心配していている碧がもっとも適任だと思っていただけに、碧が同行しないのはかなりの痛手だった。

　しかし、碧はすでに表情から迷いを取り払い、爽良の肩にぽんと触れる。

「ってわけで、私はやめとくよ。頼むね、爽良ちゃん」

「そ、そんな……」

「そんなに構えなくていいってば。別にあの子を救ってほしいなんて望んでないし、……ってか、むしろ望んじゃ駄目だと思ってるし。とにかく今無事かどうかさえ知れれば、私はそれでいいから」

「碧さん……」

　碧の言葉を聞き、この件にはさっき礼央が言っていたように、それぞれ目指す結末が違うのだと爽良は改めて思う。

　そして、本当はいろいろと思うところがあるはずなのに、多くを託してこない碧の心情を考えると、少し、背筋が伸びる思いがした。

「わかりました……。だったら、碧さんには、私が自分の目で見てきたままを報告します。それで、私は、庄之助さんが私になにを託したかったのかを、考えてみます」

「そうだね。……まあ、さすがに、爽良ちゃんに受け止められないようなことを託したりしないと思うけど」

　碧からそう言われ、爽良はふと、庄之助が遺《のこ》してくれた数々のものが、ここ一年弱で自分をどれだけ強くしたか、しみじみ思い浮かべていた。

中には試練のような苦しいこともあったけれど、爽良には、鳳銘館で起こったすべての物事が、確実に自分を成長させてくれたという実感があった。

「私は、受け止めようと思ってます。どんなことでも」

込み上げるままにそう言うと、碧は少し驚いたように瞳《ひとみ》を揺らし、それから小さく笑みを浮かべた。

「心配はいらないみたいだね。……頑張って」

力強い激励が、爽良の気持ちを奮い立たせる。

そして、いよいよ談話室から出る間際にちらりと窓際に視線を向けると、ふたたびカーテンの奥に身を隠した紗枝が、爽良に小さく手を振ってみせた。

「行ってくるね」

手を振り返すと、紗枝は小さく頷く。

それは、ごくいつも通りの挨拶《あいさつ》だった。

けれど、すっかり薄く曖昧《あいまい》になった紗枝の姿を見ながら、――もしかすると、もう紗枝に「ただいま」を言うことはないかもしれないと、予感めいたものを感じていた。

すべての命には、多くの節目と、ひとつの結末がある。

それは、鳳銘館で数々の霊と関わってきた中で爽良が見出《みいだ》した、ある種の気付きだった。

その後、御堂と礼央と爽良の三人で、善珠院へ向かった。

支度を終えてやってきた御堂が、やけに大きなリュックを背負っていたことが少し気になったけれど、そのときの爽良は依のことで頭がいっぱいで、他のことを気にしている余裕はなかった。

そして、さぞかし重い空気になるだろうと覚悟していた善珠院までの道中、御堂が語り出したのは、意外にも庄之助との思い出話。

しかも、珍しい花の苗を数日で枯らしたとか、野良猫を連れ帰ろうとして嚙《か》まれたとか、どれもたわいのないものばかりだったけれど、普段の庄之助を知らない爽良にとってはすべて新鮮だった。

「庄之助さんにも、そういう親近感が湧くようなエピソードがあるんですね」

「基本は器用な人なんだけど、たまに抜けてるっていうか。お陰でこっちはいろんなスキルが無駄に上がったんだよね。……急に死なれても、困ることがない程度には」

「それも計算だったんじゃないの。あんたが頼りないから」

「言うね」

礼央と御堂の会話にも、心配した程の険悪さはない。

爽良としては、ほっとする半面、礼央ときちんと話さなければならないという思いも忘れてはおらず、後回しにせざるを得ないもどかしさもあった。

しかし、そんな落ち着かない気持ちも、いざ善珠院の山門前に立って本堂の前に佇《たたず》む住職の姿を見つけた瞬間に、鳴りを潜める。

なぜなら、住職が放つ気配が、遠目に見てもはっきりとわかるくらいに張り詰めていたからだ。

これは、なにかある、と。

直感するやいなや硬直した爽良を他所《よそ》に、御堂は迷いなく境内に踏み込み、みるみる住職に近寄っていく。

「爽良、行くよ」

「う、うん……」

礼央に促され、爽良も慌ててその後を追った。

住職は塵取《ちりと》りと箒《ほうき》を手にしており、どうやら掃除中のようだが、纏う空気はさっきも感じた通りとても普通ではない。

「……親父」

御堂が声をかけると、住職はゆっくりと爽良たちの方に視線を向け、ほんのわずかに眉《まゆ》を顰《ひそ》めた。

「……珍しいな。呼んでもいないのに来るなんて」

口調はあくまで落ち着いているが、そこには、前に会ったときのような柔らかさはない。

表現し難い緊張感がみるみる膨らんでいく中、爽良はふと住職が手にしている塵取りに視線を向け、――思わず、息を呑《の》んだ。

なぜなら、塵取りの中には、妙に既視感のある素焼きの欠片《かけら》が入っていたからだ。

かなり細かく砕かれているが、その質感は、まさに依が器として使っていた埴輪《はにわ》とよく似ていた。

「あの……、それ、って……」

指差すと、御堂もすぐに勘付いたのか、住職の手から強引に塵取りを抜き取る。そして。

「これ、……依が器として使ってたやつだろ」

中から素焼きの破片をひとつ摘み上げると、住職に鋭い視線を向け、強い口調でそう尋ねた。

住職はしばらく黙り込んだ後、わずかに視線を落とす。――そして。

「……これでもう、五体目だ。……やはり、気付かれてしまったか。見つけ次第壊しているが、昨日ひとつ逃してしまったからね」

明らかに肯定と取れる呟《つぶや》きを、ぽつりと零《こぼ》した。

「親父が、……ここで、依を、匿《かくま》ってたのか」

「…………」

「親父」

「……あの子は、悪魔に魂を売った。この寺を守らねばならない私の立場上、そんなことは到底許されない」

「いや、もう隠しても無……」

「——本来はね」

御堂の追及を遮って住職が言い放ったのは、重いひと言。

ただ、ごく短いその言葉が、なにもかもを物語っていた。

住職はわずかな沈黙の後、ゆっくりと手を上げ、山門を指差す。

「倒れていたんだよ。あの、山門の前に」

主語はなかったけれど、もはや必要なかった。

「あの依が、この寺の前に……？」

「ああ。ひと目見ただけでは、誰かわからないくらいにボロボロでね。……全身に酷《ひど》い火傷《やけど》を負い、服にも血が滲《にじ》んでいて」

淡々とした口調で語られる怖ろしい報告に、爽良は激しい動悸《どうき》を覚える。

御堂も明らかに動揺していたけれど、言葉の合間にゆっくりと息を吐く仕草から、なんとか平静を保とうとしている心情が窺《うかが》えた。

「……ボロボロなのは、呪い返しのせいだろ」

「さあね。あまり声が出ないようで、会話はしていない。それに、……どうやら、目も見えないようだ」

「は……？」

「まさに、瀕死《ひんし》といった様相だったよ。肉体のダメージも酷いが、むしろ魂そのものがね。さしずめ、ここまでは従えている魂にでも案内させたのだろうけれど、死にかけて最後に寺を頼るとは、勝手なものだ。善珠院の当主としては、到底受け入れるわけにはいかなかった。――けれど」

「…………」

途切れてしまった「けれど」の続きは、わざわざ聞くまでもなかった。

御堂が予想していた通り、住職は、善珠院の当主としてではなく親の立場として、依を完全に突き放すことはできなかったのだろう。

無理やり感情を抑え込んだかのような態度や口調からも、強い葛藤《かっとう》を窺い知ることができた。

「それで、依はどこに」

御堂からの問いに、住職は観念したように溜《た》め息をつき、塵取りの中を指差す。

「もう、わかっているんだろう」

御堂はなにも答えなかったけれど、爽良たちにチラリと視線を向け、そのまま本堂の裏側へと向かって行った。

爽良は、御堂を追わなければと思いながらも、なんだか住職を放っておけず、かけるべき言葉を探す。

するると、住職はふいに、自嘲《じちょう》気味な笑みを浮かべた。

「……鳳銘館や爽良さんまで巻き込んでしまったようで、申し訳なかったね」

御堂に向けたものとは違う、どこか弱々しい声に、爽良の胸がぎゅっと締め付けられる。

それを機に、さっきまでは強い混乱から真っ白になっていた頭に、一気に感情が沸き上がってきた。

「……そんなこと、言わないでください。それに、私は巻き込まれたわけではなく、自分で首を突っ込んだだけですから」

「そうかい。前にも言ったかもしれないが、君は、まるで庄之助さんのようなことを言うんだね」

「え……？」

「とても、頼もしいなと」

「……そんな、ことは」

「爽良さん。吏だけでなく、あの子のことまで気にかけてくれて、本当にありがとう。私には中途半端なことしかできず、……とても、苦しかったから」

「…………」

「こんなにも長く生き、こんなにも長く仏に仕えているというのに、……ちょっとしたことで正しい道から逸《そ》れてしまう、私は駄目な坊主だ」

それは、とても穏やかな口調でありながら、心が軋《きし》む音が聞こえてくるかのような、苦しい告白だった。

たちまち胸が詰まり、爽良は住職の背中にそっと触れる。

「……私は、間違ってないと思います」

気付けば、込み上げるままそう口にしていた。

「爽良さん、私を肯定したら駄目だよ。そんなことをすると、君まで……」

「肯定なんて、そんな大層なものじゃないです。なにせ、私自身が今、自分が正しいかどうかもわからずに、衝動のまま動いていますから。……ただ、少なくとも、すべてが間違っているとは思いません。それに私は、……正しさだけで生きていくことの難しさを、少しは知っているつもりです」

訥々《とつとつ》と口にしながら、爽良は頭の中で、昨晩から何度も繰り返してきた葛藤を思い浮かべていた。

完全には憎みきれず、しかし手助けできない迷いに、どれだけ悩んだかを。

「爽良さん……」

「だから、私には、依さんを正しい道に導くことなんてできません。今日も、自分に託されたものを確かめるために、ここに来ただけなんです。ただ、……その答えがもし、彼女のずっと奥にある寂しさを癒《いや》すきっかけになった場合は、……素直に、嬉《うれ》しいなって思います」

「…………」

「……本堂にお邪魔しても、いいですか」

尋ねると、住職は爽良の手をそっと握り、なにも言わずにゆっくりと頷《うなず》く。

かすかに伝わる指先の震えから、住職の苦しい胸の内が、言葉以上に伝わってくる気がした。

爽良は住職に頷き返し、礼央と一緒に本堂の裏側へ向かう。

御堂の姿はすでになかったけれど、本堂に入るのは二度目であり、とくに迷うことはなかった。

やがて裏口を見つけて戸を開けると、目の前に、廊下がまっすぐに延びる、見覚えのある光景が広がる。

「物置の部屋は、廊下の一番奥だよ」

爽良は後ろの礼央にそう伝え、靴を脱いで廊下に上がった。――そのとき。

「なんか、強くなったね」

「え……？」

唐突な言葉に、爽良は思わず動きを止める。

「いや、さっきの住職との会話を聞いてて、そう思ったから。なんか、かっこよかったなって」

「……私が、かっこいいはずないよ」

「そんなことない。頼もしかったし、俺がいろいろやんなくても、爽良は十分やれるんだなって」

「礼央……？」

「ただ、なんとなくそう思ったって話」

唐突に、不安が過《よぎ》った。

思い出していたのは、談話室で作戦会議をする前の、碧の言葉。

――〝どんなに構いたくとも、相手があまりに自立しようとしてると、頼れって言うのが不安になってくるものだからね。自分は必要ないんじゃないかって気になるしさ〟

中でも、とくに「自分は必要ない」という響きが、今礼央が言った言葉に強く滲んでいた気がしてならなかった。

やはり、無理にでも時間を作ってちゃんと話すべきだったと、じわじわと後悔が込み上げてくる。

一方、礼央はそれ以上なにも言うことなく、その場で固まる爽良を追い越して廊下を進んだ。

「どした？　こっちでしょ？」

「あ……、うん」

もどかしい思いは収まるどころか膨らむばかりだが、さすがにここで話し込むわけにはいかず、爽良は頷く。

しかし、礼央が背を向けた瞬間、なかば無意識に礼央の腕を摑《つか》んでいた。

「爽良？」

「……あとで」

「うん」

「あとで、話したいことがあるの」

思った以上に切羽詰まった言い方になってしまったせいか、礼央が怪訝《けげん》な表情を浮かべる。

もしかすると、不穏な想像をさせてしまったかもしれないとも思ったけれど、そもそも伝えるべき言葉がいまだにまとまっていない爽良には、それ以上なにも言いようがなかった。

礼央は少し黙った後、あくまで冷静に頷く。

「わかった。聞くよ」

その真剣な表情を見た瞬間、礼央との間にもなにかひとつの結論が出てしまう気がして、胸がぎゅっと震えた。

ただ、今はこれ以上考えている場合ではなく、爽良は頷き返し、改めて廊下を進む。

そして、間もなく物置の部屋の前に着いたものの、そこに御堂の姿はなかった。

「本当にこの部屋で合ってる？」

「合ってるはずだけど、御堂さん、いないね……」

「すでに喧嘩《けんか》になって、こじれて帰ったとか」

「さ、さすがにそんな……」

まさかと言いながらも、正直、まったくあり得ない話ではないと考えている自分がいた。

爽良は以前、御堂と依が対面する場面に居合わせているが、二人の間には、とても兄《きょう》妹《だい》とは思えないくらいの高い壁を感じたからだ。

会話が素っ気ないとか、互いに居心地悪そうであるとか、そういうごく表面的なものではなく、そこにはもっと根本的な相容《あいい》れなさがあった。

ただ、さすがに今日に関しては、たとえ言い争いになったとしても早々に退散するとは思えず、爽良は首を捻《ひね》る。

「もしかして、もう中に入ってたり……」

「そんな強引なことする？　依さんは絶対嫌がると思うし、その場合は一悶着《ひともんちゃく》あると思うけど」

「だったら、……依さんが、すでにこの部屋からいなくなってた、とか」

「それなら、まだあり得るかも」

だとすれば最悪だと、爽良は咄嗟《とっさ》に戸に耳を当て、中の様子を窺《うかが》う。

しかし結界の効果か、中からは、物音どころか小さな気配ひとつ感じられなかった。

爽良は迷った挙句、一度礼央と目を合わせ、それから控えめにノックをする。

「あの……、依さん、いますか……？」

律儀に返事なんてくれるはずがないとわかっていながら、つい声が震えた。

「開け、ますね……？」

続けて声をかけるが、やはり反応はない。

これは、本当に別の場所に逃げてしまった可能性もあると不安が込み上げる中、爽良は細く引き戸を開けた。――瞬間。

真っ暗な部屋の奥から酷《ひど》く混沌《こんとん》とした空気が漏れ出てきて、そのあまりに強い圧に、思わず息を呑《の》んだ。

おそるおそる覗《のぞ》き込むと、中は真っ暗だが空気そのものが酷く荒れており、前に来たときは落ち着いていたたくさんの気配も、今日はずいぶん騒々しい。

その異常さから、依は必ずここにいると、爽良は確信する。

こうも霊たちをざわめかせる存在など、爽良が知る限り、依の他には存在しないからだ。

「……いると、思う」

爽良は礼央に短く報告をすると、戸の隙間を少し広げる。そして。

「入っても、……いいですか」

もはや返事などないという想定のもと、足を踏み入れようとした、そのとき。

「――誰」

暗闇の奥から小さな声が響き、咄嗟に足を止めた。

それは痛々しい程に掠《かす》れた声だったけれど、明らかに依のものであり、ふと、あまり声が出ないようだと話していた住職の言葉が爽良の頭を過る。

「依さん、爽良です。……ずっと、あなたを捜していました」

「……なんで」

「いなくなったと、聞いて」

「関係、ない、でしょ」

「聞きたいことが、あります」

「……なにも、言いたく、ない」

想定していたことだが、依は爽良を完全に拒絶していた。

しかし、強気な言葉にはそぐわないあまりにも弱々しい声のせいか、依特有の異様な威圧感はすっかり鳴りを潜め、いつものように怖いとは思わなかった。

「私、依さんの、生き霊を見ました」

「……だったら、なに」

「鳳銘館で、美代子さんの魂を捜していましたよね」

「……だから、なにも答えたく、ない、……って」

「私は、依さんが美代子さんの魂を持っているんだと思っていて、でも、必死に捜している姿を見て違うんだと知って、それで――」

「私が、……る、わけ」

「え……？」

「私が、……持ってるわけ、ないじゃん……！」

突然の悲鳴のような叫びに、体がビクッと揺れた。

部屋の中の気配がさらに騒然とする中、依は激しく咳《せ》き込む。

しかし、近寄れば余計に感情を煽《あお》ってしまう気がして、爽良にはその場から動くことができなかった。

すると、依は苦しそうに呼吸をしながら、さらに言葉を続ける。

「鳳のおじいちゃんに、……全部、全部、奪われて……、どこを探しても、欠片《かけら》ひとつ見つからないいん、だから……」

「依さん……」

「私には、ひとつしか、なかったのに……、欲しいものなんて、本当に、ひとつ、しか——」

最後まで言い終えないうちに、暗い中で薄《うっす》らと浮かび上がる依のシルエットが、床に崩れ落ちた。

「依さん……、そっちに行っても……」

「——駄目」

「ですが……」

「絶対に、……嫌」

体が心配だったけれど、徹底的に拒絶され、おそらく自分の声はどうやっても届かないのだろうと爽良は察する。

それでも、依の姿があまりにも痛々しく、このまま諦《あきら》めて立ち去る気にはなれなかった。

爽良はただ黙ったまま、苦しそうに背中を上下させる依のシルエットを見つめる。

するとと、依はふたたびゆっくりと体を起こし、背後の棚にぐったりと背中を預けた。

――そして。

「こんな、ボロボロに、なって、……美代子さんに、会いたく、なって。あの人しか、私の話を、聞いてくれない、から、……だから、ほんの欠片くらい、残してくれてるかもって、期待したのに」

ふたたび、依は弱々しい声で語りはじめる。

ただ、それは爽良に対する言葉というよりも、ひとり言のように響いていた。

「あの、人は、……私のことも、心配だって、言ってたのに」

誰のことを語っているのかは、聞くまでもない。

依を心配し、しかし美代子の魂を依に渡さなかった人物として思い当たるのは、庄之助以外にいないからだ。

「……本当に、心配してたと思いますよ」

どうしても言わずにはいられず、なかば衝動的に声をかけると、依のシルエットが小さく首を横に振った。

「その心配は、……嘘、なんだよ」

「嘘なんて……」

「だって、……結局、全部奪って、私を苦しめたん、だから。……奪われるくらいなら、……いっそ最初から、ないほうが、……ずっと、よかった」

「依さん……」

「だから、全部、なかったことにしようって、……そう思ったから、全部、燃やした、……のに」

途端に爽良の脳裏を過《よぎ》ったのは、不自然に燃やされていたキッチンの鍵《かぎ》付きの引き出しの中身。

依の仕業だろうと確信してはいたけれど、本人の口から聞くと、あの異常な光景が頭に蘇《よみがえ》って背筋がゾッと冷えた。

「燃やしたって、キッチンの引き出しの中の、ですよね……？」

確認のつもりで尋ねると、依のシルエットがわずかに動く。

「ああ、開けたんだ。……だからか」

「だから、とは……」

「最近、急に、……ほんのちょっとだけ、……美代子さんの気配が、したような、気がして」

「え……？」

「魂が残ってるのかと思ってた、けど……、燃やした食器に残ってた、……ただの、残留思念か。……そっか。引き出しを開けたから、一緒に出てきたんだ。……私が生き霊を飛ばしてたから、気付いただけ、だったん、だね」

「あの……」

訥々《とつとつ》と語り出した依の声は、酷く悲しげだった。

爽良はなかなか理解が追いつかず、混乱する。

すると、そのとき。

「あの中に入れてたのは、……私が勝手に自分専用にしてた、食器だよ」

意外にも、依は爽良の疑問の答えを口にした。

爽良は戸惑いつつも、ふと冷静になった頭で、最初はなにも言いたくないと言っていた依との会話が、いつの間にか成立していることに気付く。

キッカケはおそらく、爽良が美代子の話題を出したことだろう。

依は干渉されることを拒絶しながらも、美代子のことを、――それこそ、どんな些細《ささい》な情報であっても求めているのだと思うと、胸が疼《うず》いた。

同時に思い出していたのは、真っ黒に焼け焦げた食器が、一人分きっちり揃っていたこと。

「あれは、依さん専用だったんですね……」

思い返すと、食器が一人分のようだと気付いたときの爽良たちは、理由がわからないなりに、美代子が使っていた食器を怒りに駆られた依が燃やしたのではないかという推測をした。

けれど、むしろあれらが依専用だという話ならば、〝全部奪われるくらいなら最初からないほうがよかった〟というさっきの発言を、依なりに行動に移した結果であると考えられる。

しかし、当然ながら、燃やしたところで、なかったことになる物事などない。

だからこそ、美代子を求める気持ちが消えないまま今もまだこうして拗《こじ》らせているのだろうと、爽良は少しだけ、依の心の混沌《こんとん》を理解していた。

「……さっき、庄之助さんが全部奪ったって言ってましたけど……、もし本当に奪う気だったなら、焦げた引き出しの中や、そこを開ける鍵を、わざわざ残しておくでしょうか」

ふいに、まるで自問自答のような問いが口から零《こぼ》れる。

途端に、依の纏《まと》う空気が小さく揺れた気がした。

「……知ら、ないよ。そんなの。……どうせ、嫌がらせでしょ」

「でも、鍵は、ローズマリー畑に残されてました。……依さんが作った、裏庭のローズマリー畑です」

「あんた、……私が作ったってこと、なんで……」

「依さんの念と、美代子さんの残留思念を通じて知りました」

爽良が答えた途端、一瞬空気が張り詰めたけれど、それも束の間、依の溜《た》め息と共にあっさりと緩んだ。

そして。

「……生身のまま、残留思念と接触できる人間なんて、いるんだ。……鳳のおじいちゃんの血縁って、思ってたよりすごいんだね。……やっぱ、無理やりにでもあんたを私の道具にしとけば、よかったなぁ。そしたら、わざわざ、……あんな埴輪《はにわ》なんて使わずに済んだのに」

自嘲《じちょう》気味の呟《つぶや》きが、部屋の中に小さく響く。

語られた内容は怖ろしかったけれど、その声にはいっさい覇気がなく、むしろわかりやすい程の諦めが滲《にじ》んでいた。

「依さん……、だから、私は庄之助さんが依さんのことも気にかけていたって思うんです。……でも、自分の死が迫っていたから、後を託すつもりで鍵をローズマリー畑に残したんじゃないかって」

今なら伝わるかもしれないと、爽良は願いを込めて言葉を続ける。

しかし、その思いとは裏腹に辺りの空気はふたたび張り詰め、依の掠《かす》れた笑い声が響いた。

「……で、託されたのが、あんたってこと？……ちょっと前に、会ったばかりなのに？　それ、……さすがに、笑えるんだけど」

「それは……」

「っていうか、……そもそも、だけど、……あんたに、なにを、託したっていうの？……あんたが……、私に、なにをしてくれるの？」

「…………」

「美代子さんを、……取り返して、くれるの？」

苦しそうに呼吸を繰り返しながらも、強い語気でぶつけられた言葉に、爽良は言い返すことができなかった。

依の言う通り、依のことをほとんど知らない自分の言葉に意味などあるのか、自信が持てなかったからだ。

庄之助は本当に自分に託したのだろうかと、だとすればそれは正しい選択だったのかと、今さらながら、爽良の心の中に迷いが揺れる。――そのとき。

突如、どこからともなく、覚えのある香りがふわりと鼻を掠めた。

その、香ばしくもわずかな爽《さわ》やかさの混ざる香りを嗅《か》いだ瞬間、条件反射のように頭に浮かんできたのは、鳳銘館のキッチンで何度も繰り返した、ローズマリーのパンケーキ作り。

なぜ今あの香りが、と。

咄嗟《とっさ》に辺りに視線を彷徨《さまよ》わせると、廊下の奥からゆっくりと爽良たちの方へ向かってくる、御堂と目が合う。

御堂は両手でトレーを持っており、その上には、皿に盛られたパンケーキが載せられていた。

「御堂さん、それ……」

なんだか予感めいたものを感じ、爽良はパンケーキを指差す。

すると、御堂は小さく頷《うなず》いてみせた。

「多分、〝秘密のレシピ〟だよ」

「わかったんですか？……どうやって？」

「浩司さんの家に行ったとき、美代子さんは庭に毎年じゃがいもを植えてたって言ってたでしょ。……あの話を聞いて、もしかしてと思って」

「パンケーキに、じゃがいもが入ってるってことですか……？」

「まあ、厳密に言えばパンケーキには属さないのかもしれないけど、これは『トルタ・ディ・パターテ』っていうイタリア料理で、日本では〝イタリア風パンケーキ〟として出してる店もあるんだって」

「イタリア風、パンケーキ……」

「前にレシピの再現を試しながら、全然近いものが出来なかったときに、実は美代子さんがパンケーキって呼んでただけで、違う名前の料理だったんじゃないかって話になったこと、覚えてる？　実際は美代子さんが海外で覚えた、パンケーキっぽい形状をしてるだけの、珍しい料理なんじゃないかって」

「は、はい。もちろん」

「……で、その推測をもとに世界中のレシピをネットで漁《あさ》る中で、トルタ・ディ・パターテも出てきたんだけど、そのときは俺の素人考えで、じゃがいもはさすがに無いだろうと思って除外したんだ。でも、浩司さんの話を聞いてから念の為に試作してみたら、びっくりする程近かったんだよ」

　そう言われて改めてパンケーキを見てみると、その見た目は確かに、あのとき御堂が言っていた〝表面がデコボコしている〟や、〝もっと油っこい感じ〟などの特徴通りだった。

「そうだったんですね……」

「とはいえ、思いついた時点ではまだ自信がなかったし、期待させちゃ悪いと思って黙ってたんだ。ちなみに、帰り道に早速、材料を揃えたんだよ」

「あ……！」

　途端に、昨日の別行動や、あの後キッチンで試作をしていたのはそういうことだったのかと、爽良の中でモヤモヤしていたものがスッと晴れる。

　正直、昨日の今日で再現してしまった素早さには驚きしかないが、御堂の集中力と並外れた器用さを考えると、さほど不思議ではなかった。

「あの大きなリュックの中身って、パンケーキの材料だったんですね……。ここにいなかったのは、ご実家のキッチンでこれを作っていたから……？」

「そういうこと。試作する時間がほとんどなかったし、キッチンの勝手が全然違うから手間取っちゃって、待たせてごめんね。まぁ俺もまさか、こんなに早く本番が来るとは思ってなかったんだけど」

「本番？　というか、どうして今……」

「うん。――多分、依がこれを求めてるんじゃないかと思って」

御堂が依の名を口にした瞬間、部屋の奥から、小さな嗚咽《おえつ》が響いた。

視線を向けると、肩を震わせる依のシルエットが見え、爽良の胸がぎゅっと締め付けられる。

そんな中、御堂は躊躇《ためら》いもせず部屋の中に足を踏み入れ、そして依の少し手前にパンケーキの載ったトレーを置くと、声をかけることなくふたたび廊下に出てきた。

「依さんの、ために……」

「そう。わざわざ〝秘密のレシピ〟なんて表現をするからには、誰かにとっては特別な料理なんだろうし、せっかくそれが再現できたんだから、その誰かが食べた方がいいと思って」

「えっと……、レシピに依さんが関連していることは予想していましたけど、まさに依さんにとっての特別な料理だったたってこと、ですか……？」

「俺は、当時依が美代子さんになにを作ってもらっていたかなんて知らないし、むしろ美代子さんに料理を作ってもらってたこと自体を知らなかったくらいなんだけど、依が裏庭にローズマリーを植えて、美代子さんもわざわざ自宅の庭でじゃがいもを作ってたってなると、そう考えるのが自然かなって」

「なる、ほど……」

その話を聞くと、珍しい野菜を育てることを好んだという美代子が、わざわざじゃがいもを大量に収穫していたという浩司の話も、やけにしっくりきた。

となれば、やはり気になるのは依の反応であり、爽良はこっそりと依の方へ視線を向ける。

中では、相変わらず混沌《こんとん》とした空気が満ちる中を、パンケーキの芳醇《ほうじゅん》な香りが漂っていた。

かなり異様な状況ではあるが、ある意味、無邪気さと残酷さを併せ持つ依を象徴しているようだと爽良は思う。

そして、ずいぶん長く感じられた沈黙の後、依のシルエットがわずかに動くと同時に、カチャ、とフォークが皿に当たるささやかな音が響いた。

どうやら食べているようだと、爽良は固唾《かたず》を呑《の》んでそれを見守る。

しかし、依はすぐに動きを止め、今度はガチャンとずいぶん乱暴な音を響かせながら、正面の壁にフォークを投げつけた。

跳ね返ったフォークが爽良の足元まで転がり、辺りはふたたびしんと静まり返る。

強い怒りと不満を露《あら》わにしたその反応に、爽良は思わず動揺した。

しかし。

「相変わらず……、ビミョーな、味……」

依は消え入りそうな声でそう呟《つぶや》いたかと思うと、――突如、まるで幼い子供のように大声で泣きはじめた。

部屋の中だけでなく、廊下中に響き渡る程の大きな声に、三人ともが言葉を失う。

ただ、その泣き声を聞きながら爽良の頭を過《よぎ》っていたのは、昨晩裏庭で大泣きしていた、幼い依の生き霊の姿だった。

依から溢《あふ》れ出す感情は、美代子に会いたいと、どうして傍にいてくれないのだと、怒りと悲しみと寂しさが織り混ざっていたあのときのものと、まったく同じだった。

そのとき。

「泣いても仕方ないだろ。……わかってるとは思うけど、お前は間違えたんだよ。美代子さんへの愛情表現を」

ぽつりと呟いたのは、御堂。

御堂はそう言うといきなり中に足を踏み入れ、依然として泣き止まない依の少し手前で膝《ひざ》をつく。

「せっかく受け入れてもらったのに、それだけじゃ飽き足らず、自分に縛りつけることばかり考えてたんだろう。……母親のときのように、急に失うのが怖いから」

依に、反応はない。

「……それがわからないような奴に、庄之助さんが、美代子さんの魂をみすみす渡すようなことをするわけが――」

「……御堂さん」

爽良が言葉を遮ったのは、なかば衝動だった。

ただ、それは、依をこれ以上追い詰めるべきではないという同情からではなく、御堂の言葉が、爽良の中でどうしてもしっくりこなかったからだ。――そして。

「私は……、庄之助さんが守ろうとしていたのは、美代子さんの魂だけじゃないと思います……」

そう言うと、御堂は明らかな戸惑いを見せながらも、ゆっくりと振り返る。

そんな中、爽良は勢いのまま口を衝《つ》いて出た自分の言葉を頭の中で繰り返し、改めて納得していた。

爽良はまだ上手《うま》くまとまっていない思いを心の中で慎重に選びながら、さらに言葉を続ける。

「庄之助さんは、依さんから美代子さんを取り上げたかったわけじゃなくて、……依さんが美代子さんの魂を手にしてしまったら、依さんが余計に傷つくだろうって、わかっていたんじゃないかと……」

「依が、傷つく……？」

「はい。……浮かばれない魂がどんなに苦しむか、私は鳳銘館に来て以来何度も見てきたので、よく知っています。……美代子さんだって、無理に繫《つな》ぎ止められたら、次第に無念を膨らませて、依さんのこともわからなくなるくらい魂が歪《ゆが》んで、いつか悪霊になってしまうと思うんです。……いずれは、依さんの命を奪うくらい、禍々《まがまが》しい存在になる可能性だって。唯一の大切な存在を自らの手でそんなふうにしてしまったら、どれだけ苦しいか、……私には、想像もつきません」

語りながら爽良が思い出していたのは、つい先日、死んでしまった恋人、桃香《ももか》とずっと一緒にいることを望み、鳳銘館へやってきた青年、隆二《りゅうじ》のこと。

爽良はあのとき、どんなに深く愛しどれだけ離れ難くとも、一緒に過ごすことは到底無理なのだと、痛い程思い知った。

愛する相手が苦しんでいると知ったときの隆二の表情は、とても忘れられない。

「……庄之助さんは、依さんがそんな救いのない思いをすることを、心配していたんじゃないでしょうか。だから、依さんには、美代子さんの魂じゃなく思い出を愛してほしいっていう願いを込めて、……依さんが一番思い入れがあるはずの〝秘密のレシピ〟のことを、書き残したんじゃないかって、私は……」

語りながら、爽良の心の奥の方には、こんなのは綺麗《きれい》ごとかもしれないと、――依に通じるのだろうかと、妙に冷静に考えている自分がいた。

ただ、幼い頃の寂しさを延々と引きずり続けている依の心の、もっとも柔らかい部分に、少しでも届いてほしいと祈るしかなかった。

しかし、依からは反応はなく、辺りにはひたすら泣き声だけが響き渡る。

やがて、やはり自分の声は届かないのだと、爽良の心に諦《あきら》めが過りはじめた、そのとき。

ふいに、依の嗚咽が止まった。――そして。

「……私は、美代子さんが悪霊になって、……いつか、殺されることになっても、別に、よかった」

依が口にしたのは、とても残酷なひと言。

ただ、その口調には、むしろ殺してほしかったとでも言わんばかりの、悲しみが滲《にじ》んでいた。

「殺されてもいい、なんて……」

「私の命を、欲しいって、言うなら……、あげても、よかったの」

「…………」

「それでも、……一緒に、いたかったから。どうしても、……どうしても、一緒にいたくて、思い出なんかじゃ全然足りないから、……だから全部燃やしたんだって、さっきも言ったじゃん……。美代子さんが手に入らないなら、代わりになるものなんか、ないんだよ。……だけど、もう、……わかった。欠片《かけら》すら残ってないっていうなら、そんな不幸で無意味な時間なんて要らないし、私はもう――」

「――依さん」

もうこのまま消えても構わない、と。

そんな投げやりな言葉が続く気がして、爽良は咄嗟《とっさ》に依の言葉を遮っていた。

言わせたくなかったというよりは、ただシンプルに、それは庄之助が求めた結末ではないだろうという思いに駆られたからだ。

正直、数々の許されないことをしてきた依に対してどういう感情を持つべきなのか、爽良には今もまだわかっていない。

ただ、生きてほしいとか、逆に、死んでしまえばいいのになどと思う立場にないことだけは確かであり、この状況においてはむしろ、わからないままでいるほうがずっと楽だった。

爽良は、自分の個人的な感情を一旦《いったん》忘れ、〝秘密のレシピ〟という言葉を残した庄之助の気持ちを想像する。そして。

「……パンケーキは、懐かしくなかったですか？」

最初に思い浮かんだ言葉は、酷《ひど》く張り詰めた空気の中で、ずいぶんのんき気に響いた。

――しかし。

「は……？」

問い返した依の声は明らかに戸惑っていて、爽良はその瞬間、この言葉で正解だったらしいと確信を持つ。

「人が遺《のこ》したものは、全部、生きた証《あかし》だと私は思います。……それも、ある意味、魂の欠片なんじゃないでしょうか……」

「あんた、さっきから、なに言っ……」

「魂を傍に置かなくても、……そのひとつひとつの証に触れながら、思い出しながら生きていくのは、嫌ですか？」

「だ、から……」

「それも、不幸で、無意味ですか……？」

スラスラと言葉が出てくることが、なんだか不思議だった。

そのときの爽良が感じていたのは、頭の奥で、自分以外の誰かが勝手に言葉を選んでいるかのような奇妙さ。

というのも、爽良はむしろ、まさに今自分自身が口にした言葉から、人とはどんなに悲しくとも、大切な人を失って寂しくとも、必ず生きていかなければならないのだと、大切なことを教えてもらっているような気すらしていたからだ。——そして。

「……鳳のおじいちゃんみたいなこと、言うんだね」

依の呟《つぶや》きを聞いた瞬間に、爽良の中ですとんと腹に落ちる。

こうして勝手に溢《あふ》れ出る言葉の数々はやはり自分のものではなく、まさに、庄之助本人の思いではないだろうか、と。

庄之助は、それこそ魂の欠片ひとつ残さず綺麗にいなくなってしまったと思っていたけれど、この感覚から察するに、それは間違いだったと爽良は思う。

むしろ、庄之助の残留思念はずっと爽良と共にあり、時折鳳銘館で感じていた庄之助の余韻も、自分の中から滲み出ていたものなのではないだろうかと。

そう考えると、いろいろなことが腑《ふ》に落ちる気がした。

まさに今体験している不思議な感覚はもちろん、出会った頃の紗枝から庄之助に間違えられたことも、鳳銘館の空気が最初から驚く程体に馴染《なじ》んだことも。

なにより、霊に怯《おび》えて逃げるばかりだった自分が、さまざまな目に遭いながらもなんとか乗り越えてこられたのは、庄之助の存在も大きかったのではないかと、そう思わずにいられなかった。

突然の大きな気付きに心が震え、視界がじわりと滲む。――そのとき。

「私は、あの人、……嫌い」

ふと、消え入りそうな声が響いたかと思うと、依のシルエットが床で手探りするように動き、やがて、皿に残ったパンケーキを乱暴に摑《つか》み取った。

フォークのように投げつける気だろうかと、爽良は咄嗟に身構える。

しかし、依はそのまましばらく動きを止めた後、やがて、手にしたパンケーキをおもむろに自分の口に運んだ。

「本当、に、……嫌い」

口の中にパンケーキを含んだまま呟く文句はどこか幼く響き、爽良の胸が締め付けられる。

この人は、本当に、子供のまま止まってしまっていたのだと、しみじみ痛感してしまうような「嫌い」だった。

依は苦しそうに何度も咳《せ》き込みながらもパンケーキを口に詰め込み、今度はさっきと違って小さな泣き声を上げる。

その姿を見ていると、心のずっと奥の方から、表現し難い感情がじわじわと込み上げてきた。

――そして。

「依さん、……鳳銘館に、来ませんか」

口にするやいなや御堂が振り返り、背後でずっと静かに見守っていた礼央も、爽良の腕を摑む。

おそらく、意図がわからず混乱しているのだろう。

もちろん爽良にも、すごい発言をしたという自覚があった。

ただ、不思議と間違ったことを言った気はしておらず、後悔もなく、爽良自身もまた、そんな自分に戸惑っていた。

ただし、これも庄之助の意思だろうかという自問自答の答えは、さっきとは明らかに違う異常な鼓動の速さから、考えるまでもなかった。

「鳳銘館には、……小さいけど、まだ美代子さんの残留思念があります」

「……爽良」

さすがに黙っていられないとばかりに、礼央が言葉を挟む。

けれど、それでも、どうしても止まらなかった。

「……依さんが隠れていられるような、強い結界が張ってある部屋も、……今は、空室、ですし」

爽良の言葉が途切れると同時に、張り詰めた沈黙が辺りを包む。

すると、――ふいに、依の自嘲《じちょう》気味な笑い声が響いた。

「馬鹿じゃん……」

依はひとしきり笑うと、ふたたび苦しそうに咳き込む。そして。

「私は、もう、ゲームオーバーなんだよ。……ここは、私みたいな娘を作ってしまった父親が、罪悪感に駆られて、提供した……、私の、死に場所なの」

内容にそぐわない穏やかな声で、そう呟いた。

「……依さん」

「そうやって、すぐ同情して、……本当、ウケる。……ってかさ、あんたの力、欲しかったけど、……こんな馬鹿な子を、言いくるめられなかった、なんて、……本当に、情けな……」

「……同情じゃ、ないです」

「じゃあ、なに。近くに置いて、死ぬまで責め続けたい、とか？……無理だよ、もう、耳も聞こえ辛《づら》くなって、きて」

「違います。……私には、依さんにそこまでするほどの恨みがないですから。……ただ、全部終わらせるために死を選ぶっていうなら、生きるべきだと、思います」

「…………」

もしかしたら、それがもっとも残酷な言葉なのかもしれないと、爽良は思う。

美代子のいない世界を去ることを許さず、目も見えず耳も聞こえ辛くなった体で、結界に閉じこもったまま生きろなんて、地獄そのものだと。

ただ、爽良は依を痛めつけたいわけではなく、たとえ体も心も救われなかったとしても、生きてこそ知れることがあると、――依が普通に生きていたら知れたはずのごく当たり前の物事に、もっと触れるべきではないかと、単純にそう思っていた。

依が黙り、ふたたび長い沈黙が流れる。

爽良は依の動かないシルエットをまっすぐに見つめながら、ただただ依からの返答を待った。

けれど、結局、どれだけ待っても依はなにも言わなかった。

やがて御堂が立ち上がり、廊下に出ると、爽良の肩にそっと触れる。

もう諦《あきら》めろと言われているような気がして、胸が疼《うず》いた。

しかし、御堂はポケットから突如一枚のお札を取り出し、部屋の中にひらりと落とす。

そして。

「もし来る気なら、それを使えよ。ここから鳳銘館までなら、それでなんとか持ち堪《こた》えると思うから」

そう言い残し、戸をそっと閉めた。

部屋から漏れ出ていた混沌《こんとん》とした気配がスッと途切れ、途端に、爽良は夢から覚めたような感覚を覚える。

そんな中、御堂は感情の読めない表情を浮かべ、小さく肩をすくめた。

「さっきの爽良ちゃん、まじで庄之助さんみたいだったね」

「御堂さん……」

「とにかく、帰ろう。あとは、本人が選べばいいよ。……もし庄之助さんがこの場にいたとしても、強要はしなかっただろうし」

そう言われるとなにも言えず、爽良は頷《うなず》く。

御堂の言い方はあくまでドライだが、依のためにパンケーキを作ったことや、お札を渡した優しさを思うと、なんだか胸が詰まった。

同時に、わかっていたつもりだったけれど、実の兄であり、依と共に母親の死に直面した御堂こそがもっとも大きな葛藤《かっとう》を抱えているに違いないと、今さら察していた。

しかし、御堂はあくまで平常通りの様子で、先に裏口の方へ向かう。

爽良は礼央と顔を見合わせ、黙ってその後を追った。

その後、爽良たちは住職に一連の報告をし、依に動きがあったら連絡を貰《もら》えるよう頼み、鳳銘館への帰路についた。

それぞれ思うことがあったのか、帰り道は、ほとんど会話がなかった。

爽良の頭の中を占めていたのは、当然ながら、依を鳳銘館に誘ったこと。

もちろんただの思いつきで言ったわけではなく、後悔していないが、もし本当に依がやってくるならば、考えなければならないことが多くあった。

三〇一号室の結界を確認するのはもちろん、目が見えなくなってしまった依の住環境をどう整えるか、さらに、おそらく大荒れするであろう鳳銘館を彷徨《さまよ》う霊たちの対処方法など。

悶々《もんもん》と考えているうちに気付けば鳳銘館に着き、玄関前で待ち構えていた碧の姿を見て、爽良はようやく我に返った。

「爽良ちゃん！」

碧は勢いよく爽良に駆け寄り、思い切り抱きつく。

「あ、碧さん、苦し……」

「ありがとう……！」

その絞り出すような声色を聞き、碧はおそらく、依が見つかったことや、鳳銘館に来る可能性があるということまで、御堂からすでに報告を受けているのだろうと爽良は察した。

「わ、私は、そんな」

「とりあえず、話、聞かせてもらっていい？……あ、でも疲れてるか。一旦《いったん》休憩してからの方がいいよね」

「い、いえ、今からで、全然」

勢いに戸惑いながらも了承すると、碧は爽良の手首を摑《つか》み、待ちきれないとばかりに玄関の中へ引っ張る。

しかし、談話室に向かって一階の廊下を曲がった、そのとき。

「ごめん、俺は少し部屋で休む」

礼央がそう言って、爽良たちと逆方向へ向かった。

「え……？」

「少し、疲れたから」

「……そ、そう、だよね」

思えば、ここ最近は怒濤《どとう》の展開の連続であり、礼央には散々気を揉《も》ませた上にいきなり依が見つかり、心身ともに疲れて当然だと爽良は納得する。

ただ、礼央が疲れたと口にすることなど滅多にないため、爽良はなんだか胸騒ぎを覚えていた。

なにより、一刻も早く礼央と話がしたいと思っていた爽良の焦りも行き場を失い、じわじわと不安が込み上げてくる。

一方、礼央はそんな爽良の心情を察したのか、小さく肩をすくめた。

「今いろいろゴタついてるし、落ち着いたら話そう」

「う、うん……、わかった」

戸惑いながらも返事をすると、礼央は頷き自分の部屋へ向かう。

安心させるかのような態度が逆に心をざわつかせたけれど、かといって引き留めるわけにもいかず、爽良は碧に連れられるまま談話室へ入った。

そして、ソファに座った、そのとき。

「珍しく、すれ違ってる感じ？」

御堂が爽良の正面に座ったかと思うと、まるですべてを察しているかのような言葉を口にした。

「な、なんの話を……」

咄嗟《とっさ》に誤魔化したものの、御堂はむしろ余計に確信を持ったとばかりにニヤニヤと笑う。

「相変わらず顔に出るね。……まぁなにがあったかは知らないけど、大切なことって心が昂《たかぶ》ってるときに喋《しゃべ》らない方がいいし、今は別行動で正解だったんじゃない？」

「……別に、昂ってなんて」

「向こうは頭の中であらゆる可能性を散々練りまくって、なおかつ状況を考えて慎重に口に出すタイプでしょ？　今は爽良ちゃんも、……むしろ爽良ちゃんこそ、そうした方がいいんじゃないかって話」

「…………」

「ともかく、彼の提案通り、状況が落ち着いてから話した方が納得いく結論が出ると思うよ」

「結論、ですか」

「大丈夫だって、彼はそう長く考え込むようなタイプじゃないし」

軽い口調で励まされながら、やはりこの人の鋭さには敵《かな》わないと、爽良はしみじみ思っていた。

「御堂さんは、礼央のことがよくわかるんですね……」

もはや誤魔化すことを諦めてそう言うと、御堂は人の悪い笑みを返す。

「なにせ俺、焚《た》き付け役だから」

「……礼央で遊んでません？」

「まさか」

いかにも面白がっているような言い方を不満に思う半面、爽良は、すっかりいつも通りの御堂の様子に、正直少しほっとしていた。

途端に全身からどっと力が抜け、爽良は背もたれに体を預ける。

すると、隣に座った碧が、労《ねぎら》うように肩に触れた。

「大仕事、ご苦労様」

「いえ、ですから私はなにも……」

「ってかさ、さっきから私は私はって言ってるけど、依ちゃんを見つけられたのは爽良ちゃんのお陰じゃん」

「でも、善珠院にいたなら、いずれは見つかっていたと思いますし」

「え、なに、どした。褒めてんだけど」

眉《まゆ》を顰《ひそ》める碧の表情を見ながら、おそらく卑屈に響いたのだろうと爽良は思う。

しかし、爽良としてもいろいろと思うところがあり、おまけに疲労感も重なってか、上手《うま》く取り繕うことができなかった。

「なんか、……庄之助さんに託されたからって意気込んでたんですけど、結局、全部御堂さん頼りだったなって。最初は取り付く島もなかった依さんの心を開かせたのも、御堂さんが再現に成功したパンケーキのお陰ですし、……なんというか、空回りした無力感というか……」

言いながら、まるで慰めてくれと言わんばかりの、子供のような愚痴だと思っている自分がいた。

その一方で、人前で遠慮なく本音を零《こぼ》せていることが、少し不思議でもあった。

そんな爽良に、御堂は苦笑いを浮かべる。

「いやいや……、万が一、庄之助さんのメモを見つけたのが俺だったとしたら、〝秘密のレシピ〟を見つけようとか、ましてや再現しようなんて発想はまずなかったと思うよ。万が一あったとしても、依が関係してる可能性に気付いた時点であっさり手を引いてたと思うし。そう考えると、爽良ちゃんがあまりにお人好《ひとよ》しで、愚直に庄之助さんの思いに応《こた》えようとしてたからこそ、俺みたいなのが巻き込まれて成立したんじゃん」

「……巻き込まれて」

「そう、巻き込まれて。要は、全部自分でやろうとする必要はないってこと。……庄之助さんが、美代子さんのパンケーキで依の心を救えるんじゃないかと考えていたとして、優しい爽良ちゃんに託すことを目論《もくろ》んだとしても、結局、肝心な味を知ってる俺を動かす必要があったわけだし」

「でも、だったら庄之助さんも、そのまんま全部メモに書いておけばよかったのに。美代子さんのパンケーキを作って、依さんに食べさせてほしいって」

「いや、だから、最初から依が関わってるってわかってたら誰も積極的に動かないでしょ。ちょっとずつ謎が明らかになっていく中で、やるかやらないかは爽良ちゃんや俺たちの意思に任せたかったんだろうし」

「気持ちはわかりますけど、……回りくどいですね」

「そういう人だから」

「……でも、だったら私は、役割を全《まっと》うできたってことでしょうか」

「十分だと思うよ。ちなみに、これから依がどんな選択をするかは、爽良ちゃんが気を揉むことじゃないからね」

こんなにフォローを入れてもらってもなおスッキリしない理由は、まさに、そこにあるのだろうと爽良は思う。

依がどんな決断をするのか、爽良には想像もつかない。

ただ、いずれにしろ、美代子との思い出を魂の代わりとすることで、依が抱えていた大きすぎる喪失感を少しでも埋めることができたなら、庄之助はもちろん、美代子も少しは安心できるだろうと、ぼんやりと思い浮かべていた。

「……三〇一号室、掃除しとかなきゃ」

爽良の呟《つぶや》きが、談話室にぽつりと響く。

しかし御堂と碧からは反応がなく、なんだか、小さな胸騒ぎがした。


依が消えた――と。

住職から連絡があったのは、翌朝のこと。

ただ、その報告を聞いて酷《ひど》く動揺したのは、そもそも依の動向に興味のない礼央を除いては、爽良ただ一人だった。

爽良はふいに、昨日覚えた胸騒ぎはこれかと、おそらく御堂と碧はこうなることを予想していたのだろうと察する。

なにせ、その報告をくれた御堂は、「あいつがどんなに弱っていようと、目や耳の代わりになってくれる霊の一体や二体くらいはいるだろうしね」と、あまりにも平然としていた。

爽良としては、依に行く当てなどあるのか、結界はどうするのかと気になることばかりだったけれど、それをすべて払拭《ふっしょく》したのは「あまり構われすぎることに慣れてないから、皆に場所を知られた以上、もう居心地が悪くなっちゃったのかも」という、碧のひと言。

なんて生き辛い人なのだろうと思いながらも、そのとき爽良が思い出していたのは「依がどんな選択をするかは、爽良ちゃんが気を揉《も》むことじゃない」という、昨日の御堂の言葉だった。

あれは、心配するなというよりも、もうやれることはないという意味だったようだと、爽良は今になって納得する。

ともかく、スッキリしたとはとても言い難いけれど、これで〝秘密のレシピ〟騒ぎは、一段落となった。

もどかしさのやり場に困った爽良は、なんとなく紗枝の癒《いや》しが恋しくなって、一人庭を歩く。

しかし、どんなに待っても、何度名を呼んでも、一向に紗枝の気配はなく、やがてロンディがゆっくりと近寄ってきて、爽良を見上げて寂しそうにクゥンと鳴《な》いた。

その背中をそっと撫でながら、――ふと、こうしてひとつずつ、ここでの役割を終えているのかもしれないと、爽良はしみじみ思う。

そして。

「そうだ。……礼央に、会わないと」

自分にとってもっとも大きな決断を胸に、爽良は礼央の部屋へと足を向けた。


――〝俺がいろいろやんなくても、爽良は十分やれるんだなって〟

礼央のその言葉を聞いたとき、この人は自分から距離を置こうとしているのではないだろうかと、爽良は酷く動揺した。

同時に、もし鳳銘館へ来た当初の、礼央には礼央の人生があるのだから自分が縛ってはいけないと頑《かたく》なだった頃の自分なら、それがあるべき姿だと、簡単に納得していただろう、とも思った。

当時の爽良は、自分からなにかを欲する勇気などなく、逆に、誰かに求められるなんてことを、現実として想像できなかったからだ。

その頃から考えれば、今の自分は様々なことがずいぶん変化したものだと、爽良は思う。

どれも些細《ささい》で、漠然としたものばかりだけれど、中でももっとも顕著なのは、黙って流れに身を任せることができなくなったこと。

たとえ結果が変わらなくとも、自分の思いを口にすることがいかに大切であるかを、今は痛感していた。

「――礼央」

一〇三号室のドアをノックすると、間もなく、表情に少し疲れの見える礼央が顔を出す。

「……どうした？」

「今、時間ある？」

「あるけど、……入る？」

礼央は首をかしげながらも、爽良を部屋の中に通した。

中はいつも通り片付いていて、テーブルの上には開いたままのパソコンがあり、もはや礼央を象徴するような風景だと爽良は思う。

そして。

「ひとまず、一段落したね。……鳳銘館での謎解き」

そう言うと、礼央は小さく溜《た》め息をついた。

「……まあ、謎解きなんて気楽なものじゃなかったけど」

「それは、そうかも」

「今となっては、御堂さんの母親騒ぎやら依さんの呪い返しやら、最初からずっと御堂家の面倒を見させられてるだけな気がしてる」

「……確かに」

さも迷惑そうな礼央の言い方に、爽良は思わず笑う。

かたや、礼央は不思議そうに眉根《まゆね》を寄せた。

「で？……どした？」

「うん？」

「なにか、話したいことがあるんでしょ？」

「……うん。昨日できなかった話を、しにきたの」

そう言った瞬間から心臓がドクドクと鼓動を速め、礼央もまた、瞳《ひとみ》を大きく揺らす。

こういう種類の緊張は過去に経験がないと思いながら、爽良はまっすぐに礼央を見つめた。

そして。

「礼央は、……ロスに行くべきなんじゃないかな、って」

口に出したのは、ここに来るまでに、心の中で何度もシミュレーションした言葉。

たちまち、礼央の表情が強張《こわば》る。

「なに、急に」

「だって、エンジニアとしての能力をかなり買われて誘われたわけだし、いくら礼央でも、そうそう舞い込んでくるレベルの話じゃないでしょ？……だから、もし迷ってるなら、……背中を押さないと、と思って」

思えば、爽良がこの発想に至るキッカケとなったのは、善珠院で礼央から言われた

「俺がいろいろやんなくても、爽良は十分やれるんだなって」という言葉。

あの瞬間は、礼央が自分から離れてしまう気ではないだろうかと、強い不安を覚えた。

同時に頭に浮かんでいたのは、礼央には、距離を置くための手段として、ロスへ行く選択肢があるという事実。

ただ、たとえそれをリアルに想像したところで、爽良は自分がたった今口にした思いの通り、引き留めたいという気持ちにはならなかった。

最初は自分でもその理由がよくわからず、いつものようにただ諦《あきら》めただけだろうとも考えたけれど、今は違う。

礼央のことを真剣に考える中で、爽良は自分自身の中に、ただすべてを受け入れてきたただけのこれまでとは違う、強い思いが芽生えていることに気付いた。

「……爽良」

「あのとき、ロス行きは私をここから逃すための提案だって言ってたけど、……本当は、ちょっといい話だなって思ってたんじゃない？」

「…………」

礼央が動揺する姿は珍しく、おそらく図星だと爽良は思う。

さらに、嘘ならいくらでも上手《うま》くつける礼央がそうしない理由は、爽良と本音で向き合おうとしているからだろうと確信していた。

礼央の嘘はいつも優しいけれど、今日だけは正直でいてほしいと思っていた爽良は、密《ひそ》かにほっとする。

なぜなら、この話し合いは、これまで様々なことを曖昧《あいまい》にしてきた爽良にとっての、──そして、曖昧にすることを許し続けてくれた礼央に対しての、総決算でもあるからだ。

爽良は覚悟を決め、ゆっくりと息を吐く。──そして。

「それで、……礼央が、行くなら」

「……うん」

「私も、……行く」

「──は？」

はっきりと宣言した瞬間、よほど意外だったのか、礼央は目を大きく見開いたまま硬直した。

部屋の空気は張り詰め、長い沈黙が流れる。

「あの、礼央……？」

反応を待てずに名を呼んだものの、礼央は依然として、フリーズしたパソコンのように身動きを取らなかった。

驚くだろうとわかってはいたけれど、まさかここまでとは思いもせず、爽良の心にみるみる不安が広がっていく。

しかし、そのとき。

「……いや、ごめん、ちょっと意味がわかんない」

散々沈黙を置いてもなお処理できなかったのか、礼央は瞳に困惑を宿したまま、天井を仰いだ。

「だ、だから、……私も行きたい、っていう話を」

「鳳銘館は？」

「その場合は、御堂さんにしばらく管理をお願いすることになると思う。最初から、管理は自分に全振りして働きに出ていいって言ってくれてたし、手が足りないなら誰かを雇っても……」

「爽良は、ロスでなにするの？」

「なにって……、語学留学でビザ取って、英語の勉強とか、あと、資格の勉強とか……？　再就職するにも、英語ができると選択肢が広がると思うし……」

「ちなみに、留学ビザの滞在許可期間、知ってる？」

「え、いや、まだ調べてないけど……」

「資格って、なんの資格？」

「そ、それもまだ……」

「つまり、なにもかも無計画ってこと？」

「…………」

あまりにも冷静な口調で言われ、爽良はついに口を噤《つぐ》んだ。

礼央の指摘通り、現時点でほとんど無計画であることは事実だからだ。

ただ、だとしても、爽良にはこういう結論を出すに至った、揺らがない決め手がある。

それだけは絶対に伝えなければならないと、爽良は一度ゆっくりと深呼吸をした。——しかし。

「俺があのとき爽良に一緒に行かないかって言ったのは、ロスの方がここより安全だと思ったからだよ。俺の都合に巻き込みたかったわけじゃなくて」

喋《しゃべ》る寸前に遮られてしまい、言いかけていた言葉はあっさりと迷子になった。

「え？……違、そういう話じゃなくて」

「でも、鳳銘館も当面は安全っぽいし、つまり、無理して日本を出る必要はないわけで」

「だから、そうじゃなくて……、礼央、私は……」

「あと、昨日も改めて思ったけど、爽良は十分逞《たくま》しくなったし、もう俺は——」

「ちょっ……、聞いてってば！」

勝手に望まない結論に向かっている気がして、咄嗟《とっさ》に大声を出した爽良に、礼央が瞳を揺らした。

これはもう遠回しでは駄目だと、爽良はようやく覚悟を決める。——そして。

「〝もう俺は〟なんて言わないでよ……。私は、守ってほしいから一緒に行くなんて言い出したんじゃないし、礼央をそういう意味で必要としてるわけじゃない。あと、礼央のお荷物になる気もないの」

ひとまずもっとも重要な前置きをすると、礼央はこてんと首をかしげた。

「……つまり？」

今日に限って異常に鈍いと思いつつも、礼央がこうなったのは自分のせいだといい加減自覚している爽良は、諦めて次の言葉を探す。

しかし。

「そ、その、だから私が言いたいのは……」

極度の緊張のせいか、これからというところで言葉に詰まってしまい、爽良は気持ちを持ち直すためふたたび深呼吸をした、――瞬間。

ふいに脳裏を過《よぎ》ったのは、鳳銘館に住むことを決めたときに礼央が言ってくれた、印象的な言葉。

――〝ずっと一緒にいたんだから、これからも一緒にいる。――それのなにがおかしいの〟

それが頭の中で大きく響いた瞬間、不思議と、ぐちゃぐちゃだった心がスッと凪《な》いでいくような感覚を覚えた。

「ずっと……」

「うん？」

「……ずっと、一緒にいたんだから、……これからも、一緒にいる。それの、なにがおかしいの……？」

そのまま声に出すと、礼央が大きく瞳《ひとみ》を揺らした。

その、礼央らしからぬ表情を見ながら、ひとたび冷静になれば、これはなかなかすごいセリフだと爽良は思う。

ただし、今の爽良には、自分の気持ちを説明する上でこれ以上適した表現は思い当たらなかった。

「私は、礼央の人生の邪魔をせず、礼央と一緒にいることにしたの」

「…………」

「それを軸に、自分の人生を考えようかなって、思って」

「…………」

「なにか、おかしい？」

礼央のようにスマートに言えない自分が居たたまれず、つい、語尾が震えた。

しかし、かつて礼央がくれたこの言葉にどれだけ心を動かされたかを思い出すと、後悔はなかった。

すっかり黙り込んでしまった礼央を、爽良は祈るような気持ちで見つめる。

どんな反応が返ってくるか予想がつかず、怖い気持ちもあったけれど、その一方で、伝えるべき思いはすべて伝えたという達成感があった。

やがて、ずいぶん長く感じられた沈黙の後、静まり返った部屋に礼央の小さな溜《た》め息が響く。——そして。

「……おかしく、ないね」

やや呆《あき》れたような口調で、礼央がそう呟《つぶや》いた。

「……それって」

「おかしくない」

「つ、つまり、その」

「…………」

これは受け入れられたと捉《とら》えていいのだろうかと、まったく感情が読み取れない礼央の表情を見ながら、爽良は戸惑う。

かたや、礼央は突如爽良の傍に来たかと思うと、そっと腕を引き、ごく自然な動作で爽良の体を両腕に収めた。

「れ、礼央……」

たちまち緊張が込み上げ、爽良は硬直する。しかし。

「……ってか、意味わかってんのかな、この人」

優しい動作とは裏腹に、礼央が爽良の肩に顎《あご》を乗せたまま呟いた言葉がなんだか愚痴っぽく、思わず力が抜けた。

「こ、心の声が、漏れてない？」

「漏れてるかもしれないけど、聞いたんなら教えてよ。意味わかってんのかどうか」

「え……？　だから、一緒にいるってこと、では」

「駄目だ、多分わかってない」

「ど、どうしてそんな……！」

「まあでも、……いいや」

「え？」

「いい。十年以上も待ったんだし、今さら答えを急ぐこともないから」

「…………」

やはり心の声が漏れている、と。

今度ばかりは、恥ずかしさが勝って言えなかった。

ただ、「十年以上も待った」という言葉が表す通り、礼央からすれば相当鈍かったであろう自分が、本当はちゃんとわかっているということを礼央に伝えるのはなかなか大変そうだと、密かに考えていた。

「じゃあ、私も焦らなくていいや……。時間はこれから、たくさんあるんだし」

「なにそれ。心の声？」

「うん」

「うんって」

思わず笑うと、礼央も小さく笑う。

そして少しだけ体を離し、すっかり余裕の戻った表情で爽良を見つめた。

「あのさ」

「うん？」

「留学や就業以外にも、長期のビザ取る方法があるんだけど」

「……え？」

「いや、……自分で調べて」

「わ、わかった」

「待って、やっぱいい。調べないで」

「な、なにそれ」

　普段の礼央にはない、どこか子供っぽい口調がなんだか可愛く、もしかすると、礼央は爽良が思う何倍も喜んでくれているのかもしれないと、ふと思う。

　爽良もまた、これまで当たり前のように享受してきた礼央の安心感が、今日ばかりは特別なものに思えてならなかった。

　手遅れにならなくて本当によかったと、爽良はしみじみ思う。

　むしろ、今となっては、礼央の人生の邪魔にならないようにと常に一歩引いていた頃の自分の気持ちを、思い出すことすらできなかった。

　ずいぶん欲しがりになったものだと思いながら、爽良は礼央の背中に回す腕に、ぎゅっと力を込める。

「これからは、私も礼央を守るよ」

「アメリカの霊って、どんな感じなんだろうね」

「……そういう意味じゃないんだけど」

「そういうことも、あるかもしれないじゃん。これからずっと一緒にいるんだから」

「…………」

いちいち動揺してしまい、やはりこの人には敵《かな》わないと爽良は溜め息をつく。

同時に、かつてはまったく光が見えなかった未来を、こんなにも明るい気持ちで想像する日がやって来るなんてと、不思議に感じていた。

＊

それから五ヶ月あまりが過ぎた、七月。

九月から通うロスの語学学校が決まり、手続きもなんとか終え、ビザの申請もし、バタバタした日々がようやく一段落ついた。——ものの。

そんな爽良をもっとも悩ませていたのは、ある意味予想通りというべきか、すっかり口を利いてくれなくなった父のことだった。

ちなみに、一応ではあるが、海外留学についての了承は得ている。

むしろ、父いわく「親父が遺《のこ》したボロアパートなんかで隠居のような生活をされるよりは、よっぽどマシ」とのこと。

世界を見るのは良いことだと、しっかり知見を広げて今度こそ長く続けられる職を探せと、力強い激励までもらっている。――の、だが。

父がすっかり機嫌を損ねてしまった理由は、言うまでもなく、礼央と一緒であるという事実だった。

父からすれば、〝信用していた幼馴染《おさななじみ》が、うちの娘をそそのかした〟という感覚らしい。

かなり誤解の多い解釈だが、今もなお礼央との関係にちょうどいい名前はなく、むしろ明確に名前のある関係性に寄せる必要があるとも思っておらず、とはいえ、「少なくともお父さんが思うような状態ではない」、などという説明は礼央の立場を悪くする気がして、なにも言えなかった。

「――せめて、住む場所は他を探した方がよかったのかな……。ルームシェアできるくらいの大きな部屋だって言っても、よくわかってないみたいだし……」

ここしばらくというもの、毎週末様子を窺《うかが》いに実家に帰っている爽良は、その日も、リビングでパソコンを開いたままいっさい動かない父の背中を眺めながら、キッチンで料理中の母にこっそりそう呟いた。

ちなみに母はといえば「いつか礼央くんと爽良がそうなってくれたら安心だと思っていた」と、父とは真逆の感想をくれたが、そっちはそっちで「厳密には、そうなっているわけではない」とは言えないでいる。

礼央とずっと一緒にいたいという気持ちにいっさいの迷いはないものの、名前のない関係というのはこういうときに苦労するらしいと、爽良はしみじみ痛感していた。

そんな複雑な思いを他所《よそ》に、母はこっそりと笑い声を零《こぼ》す。

「私としては、ロサンゼルスってちょっと物騒なイメージがあるし、一人で住まれる方がよっぽど心配だけど。それに、お父さんも、相手が礼央くんだって聞いて本当はほっとしてるんじゃない？　ただ、爽良を取られた気がして寂しいだけで」

「さ、寂しい……？」

「当たり前でしょう」

「厄介なことばっかり言ってくる面倒な娘だって思われてるんじゃゃ……」

「たとえ厄介であろうとなんだろうと、父親にとって娘は特別なのよ。それに、あの人の愛情表現の不器用さは、爽良だって知ってるはずでしょ？　鳳銘館を相続するときだって、最初は散々言ってたのに、結局は協力的だったんだし」

そう言われてしまうと、納得できる部分も多くあった。

とはいえ、いつになったらあの態度は緩和するのだろうかと、爽良は頭を抱える。

かたや、母は長く連れ添っただけに慣れているのか、あくまで平然とした様子で、爽良の肩を小突いた。

「ああいうのは説得してどうにかなる問題じゃないんだから、そんなに気にしなくていいのよ。爽良が最近毎週うちに帰ってくるのも、そのせいなんでしょう？　私から言わせれば、それがわかっていて、あえてああいう態度を取ってるような気もするけど」

「まさか、あのお父さんに限ってそんな……」

「あのお父さんだからこそ、そういう回りくどいことをするんじゃない。だけど、爽良は準備で忙しいんだから、わざわざ付き合ってあげなくていいの。留学については賛成してくれたんだし、今はそれで十分でしょう」

「それは、そうなんだけど……」

母の言葉には説得力があるが、九月からはこれまでのように簡単に帰れなくなると思うと、爽良としては、こういうモヤモヤを心に残したまま離れたくないという思いがあった。

爽良は散々迷った挙句、リビングへ移動しこわごわ父の横に座る。

「……あ、あの、お父さん」

「…………」

早速無視され、居たたまれずに母に視線を向けると、母はやれやれといった様子で肩をすくめた。

今日は諦《あきら》めろと言わんばかりの表情に、爽良は小さく肩を落とす。――しかし、そのとき。

「……あいつは、挨拶《あいさつ》にも来ないのか」

ふいに、父がぽつりとそう呟《つぶや》いた。

爽良はようやく口を利いてくれたことにほっとしつつも、父の言葉の意味がよくわからず、首をかしげる。

「あいつって、礼央？」

「他に誰がいる」

「というか、挨拶……？」

「ああ」

「な、なんの……？」

何度も聞き返す爽良に、父は苛立《いらだ》ちを露《あら》わに乱暴にパソコンを閉じる。──そして。

「仮にも一人娘を奪って行こうとしているような奴が、挨拶にも来ないのかと言ってるんだ！」

いきなりの怒号に、爽良の頭は真っ白になった。

父は固まる爽良を見て我に返ったのか、小さく咳払《せきばら》いをする。

そんな中、爽良の心の中には、じわじわと嫌な予感が広がっていた。

「え、……娘を、奪って行こうとしてる……？」

「そうだろう」

「娘を、奪……」

「何度も聞くな」

「え、ちょっと待っ……」

どうやらこの人は、爽良の想定をはるかに超えた大袈裟《おおげさ》な解釈をしているらしい、──

——と。

ようやく理解が追いつくやいなや、爽良の全身からサッと血の気が引いた。

「いや、いや……、待って、そんな話じゃないよ……！　えっと、……そう、鳳銘館に住むのとそう変わんないっていうか……！」

慌てて否定したものの、父は断固として首を横に振る。

「馬鹿か、お前は。代官山のアパートで隣に住むのと、アメリカのマンションで同室に住むのを一緒にするな」

「だ、だって、本当にそんな感じなんだもの……！　も、もちろん、礼央に頼る部分はたくさんあるけど、少なくとも今は、奪うとかそんな大きな話じゃ……！」

「お前を連れて行って同居するんだろう。十分大きな話だ。むしろ、軽く考えてもらっては困る」

「お父さん……！」

薄々感じてはいたけれど、礼央との間の微妙な関係性は、父にはまったく伝わらないらしい。

一方で、この令和の時代に昭和の父親像を地で行く父に、そんなことを理解しろというのは酷な話だと、変に納得している自分もいた。

つまり、父の求める挨拶とは、いわゆる「娘さんを私にください」といったニュアンスの、現代ではあまり聞くことのない重いセリフであると考えられる。

だとすれば、たとえ演技であっても礼央に頼むのはとても無理だと、爽良は眩暈《めまい》を覚えた。

次第に、やはり今からでも別の物件を探した方が現実的かもしれないと、極端な発想までが頭を過《よぎ》りはじめる。——そのとき。

突如、インターフォンが鳴り響いた。

お陰で張り詰めた空気は一旦《いったん》緩んだものの、爽良はなんだかまた別の嫌な予感を覚える。

なぜなら、インターフォンの呼び出し音が一階のオートロックからではなく、玄関のものだったからだ。

オートロックを経由せず直接訪ねてくる人物など、マンション内に住んでいる人間しかいない。

途端に爽良の脳裏に一人の人物の顔が浮かび、それと同時に、玄関に向かった母の「あら、礼央くんいらっしゃい」という明るい声が聞こえた。

最悪な予感が当たり、なにもこんなタイミングでと混乱する爽良の耳に、礼央の「近くに寄ったので」という声が届く。

さしずめ、ここしばらく週末ごとに爽良が帰省していることを知っている礼央は、両親と揉《も》めているのではと心配し、様子を見に来てくれたのだろう。

しかし、もし今父親と対面させてしまうと、礼央を困らせてしまうのは確実であり、ここはもう、強引に逃げるしかないのではと考えはじめた、――そのとき。

「お邪魔します」

母に連れられ、礼央がリビングへ顔を出した。

さっきの会話を聞いていた母なら、さすがに礼央を中には通さないだろうと思い込んでいたぶん、爽良の思考はより混乱を極める。

かたや、礼央は爽良と目が合うとやけに意味深な笑みを浮かべ、それから、さも当たり前のように父のもとへ向かった。

「おじさん、準備でバタバタしていて、なかなか顔を出せずすみません」

礼央はそう言うと、父に視線で促されるまま正面に座る。

そもそも、顔を出す気だったことすら知らなかった爽良はポカンとするが、そんな爽良を他所に、二人は会話を続けた。

「本当に、遅すぎる」

「ええ、すみませんでした」

「……それにしても、ロサンゼルスとは、またずいぶん遠いな」

「できるだけ、頻繁に帰ってくるようにします」

「簡単に言うが、往復だけでもずいぶん金がかかるだろう」

「そのぶん稼ぎます」

「……ふてぶてしいな、相変わらず」

父が口にする言葉はずいぶん刺々《とげとげ》しいが、不思議と口調は柔らかく聞こえ、正直、爽良は少し驚いていた。

思えば、忙しい父が礼央とこうして会話をしている場面をあまり見たことがなかったけれど、思っていたよりずっと、打ち解けた関係に見えたからだ。

ともかく、少なくとも懸念していたような最悪な展開にはなっておらず、爽良はほっと胸を撫《な》で下ろす。

これもすべて、礼央の要領の良さや、並外れた空気の察知能力の為《な》せる技なのだろうと。――しかし。

「――それで？」

父による、あまりにも含みのある問いが礼央に向けられた瞬間、部屋の空気がピリッと緊張を帯びた。

父が礼央になにを求めているかは言うまでもなく、一度は落ち着いたはずの爽良の心に、ふたたび焦りが込み上げてくる。

「ちょっ、お父さ――」

「爽良」

慌てて会話に割って入ろうとしたものの母に止められ、振り返ると、母は首を横に振り、唇の前で人差し指を立てた。

どうやら母も父の味方だったようだと、爽良は愕然《がくぜん》とする。

とはいえ、この状況は礼央にあまりに申し訳なく、もはやまともに顔を見ることすらできないまま、ただただ微妙な沈黙が流れた。

するとそのとき。

「そうなんですけど、――まだ、順番が」

ふいに礼央が口にしたのは、この空気にそぐわない平然としたひと言。

爽良には意味がわからず、なにより父の反応が気がかりで顔を上げると、父はわずかに瞳《ひとみ》を揺らした後、やがて苦笑いを浮かべた。

「……なるほど。……あれは鈍いだろうから、大変だな」

「おじさんの前で言い辛《づら》いですが、本当に。……でも、いずれ」

「そうか。……諦めないでくれると助かる」

「それは、もちろん」

「それならまあ、……もう少し、気長に待ってやってもいいか。……お前はそもそも、すでにうちの息子のようなものだから」

「僕も、そう思ってます」

「はは」

爽良には、主語をぼかした二人の会話についていけていなかったけれど、なにより、父が笑ったことに心底驚いていた。

気付けば父が醸し出していた威圧感はすっかり消え、むしろ、爽良ですらあまり見たことのないような、穏やかな表情を浮かべていた。

「とりあえず、今日は夕食を食べていきなさい」

「いいんですか？」

「ああ。もちろん。……今日はお父さんは？」

「仕事で、来週までシンガポールです」

「なら、なんの問題もないな」

爽良はさっきとは違う意味で間に入れず、ただ呆然《ぼうぜん》と二人を眺める。

すると、母が爽良の肩にそっと触れ、少しいたずらっぽく笑った。

「礼央くんは、爽良の何十倍も二人のことを考えていそうだけど」

「え……？」

「ただ同居するだけだなんて、本人の前では言わない方がいいんじゃない？」

「…………」

爽良はなんだか一人取り残されたような気持ちで、さっきまでのことが嘘のような和んだ空気に戸惑う。

同時に、複雑だと思っていた物事は思っていたよりも普通の道を進んでいたのかもしれないと、――むしろ、自分は名前のない関係という自由度に、逆に縛られていたのではないかと、密《ひそ》かに納得していた。

そして。

「爽良」

「え、……あ、はい」

「お前もこっちに座りなさい」

「……うん」

礼央がさも家族のように傍にいるせいか、子供の頃から居心地が悪くてたまらなかったリビングが、驚く程温かい場所に感じられた。

＊

「道中気をつけてね。あと、これはうちの親父からだけど、一応持って行きなよ」

「これ、お札ですか？」

「爽良ちゃんは寄せ付けやすいし。まあ、効くかどうかはわかんないけど、ないよりはマシでしょ」

「ありがたいです……！」

八月末。

礼央がロスの会社との合流を爽良の入学と合わせる形で調整してくれたお陰で、二人揃っての渡米となった。

出発当日は、それぞれ実家で家族と別れた後、空港に行く前に鳳銘館に立ち寄り、今に至る。

ロンディはしばらくの別れを察しているのか、いつまでも名残惜しそうに爽良にじゃれつき、普段はあまり姿を現さないスワローも少し離れたところから見守ってくれ、早速寂しさが込み上げたところで御堂から渡されたのが、お札の束だった。

「こんな量持ってて、税関で止められたらなんて言うの？」

御堂と一緒に顔を出してくれた碧が、爽良が手にしたお札を見ながら苦笑いを浮かべる。

「止められますかね……」

「まあ、そのときはそのときか。適当な説明考えておきなよ」

「……なんだか、心配になってきました」

ちなみに、鳳銘館のオーナーはあくまで爽良のままだが、会計関連は意外にも爽良の父が請け負ってくれることになり、管理は引き続き御堂が続けることになった。

爽良が抜けるぶん、新たにバイトを雇う提案をしてみたけれど、それはあっさりと一蹴《いっしゅう》されてしまった。

ただ、御堂はこのまま三〇八号室に住み続け、管理人室は爽良のために空けておいてくれるらしい。

かたや、礼央の方は賃貸契約なので一旦《いったん》退去扱いとなるが、御堂は「どうせ入居希望者なんて稀《まれ》だから、一〇三号室も空けておくよ」と言ってくれており、礼央は礼央で、私物の椅子を一脚、おそらくわざと置きっぱなしにしている。

そうやって、帰る場所がすでに万端に整っていることが、爽良にとって初めてとなる、海外長期滞在の緊張を和らげてくれた。

とはいえ、なんの気がかりもないかと問われると、そうではない。

爽良がもっとも気になっているのは、やはり、依のこと。

依は善珠院から消えたあの日以来なんの音沙汰《おとさた》もなく、その後については、今日に至るまでいっさいの情報を得ることができなかった。

ひとたびそのことを考えはじめると、目も見えず耳も聞こえ難くなった辛そうな依の姿が頭を過《よぎ》り、気分が沈んでしまう。

複雑な気持ちが込み上げ視線を落とすと、そんな心情を察したのか、御堂が爽良の頭をくしゃっと撫でた。

「これからってときに、余計なことは考えなくていいから」

「……もしかして、顔に出てました？」

「まあ、君の気がかりは、だいたい想像がつくから」

「……すみません。でも、どうしても気になるので、なにかわかったら連絡をいただけると……」

「それはもちろん」

御堂はそう言って、爽良に心配をかけないためか明るく笑う。

そのとき。

「まあ、あの子も、爽良ちゃんたちの尽力で、救われるべき部分は救われたと思うよ。……それでも、救われちゃ駄目な部分は、受け入れるしかないから」

碧がそう言いながら、少し寂しげに溜《た》め息をついた。

途端に、爽良の胸がぎゅっと締め付けられる。

ただ、碧の「救われるべき部分は救われた」という言葉には、わずかながらも希望が感じられた。

いずれにしろ、ここは割り切らねばならない部分なのだろうと、爽良は頷《うなず》き顔を上げる。

そのとき、御堂がふと、時計に視線を落とした。

「ってか、飛行機の時間大丈夫？　のんびり話し込んでる時間あるの？」

「あ……、そうですね。そろそろタクシー呼ばないと……」

言われてみれば時間は刻々と迫っていて、爽良は慌ててポケットから携帯を取り出す。

しかし、即座に礼央がそれを制した。

「もうとっくにアプリで呼んだよ。そろそろ着くから大丈夫」

「は、早……、ありがとう」

さすがの抜け目のなさにただただ爽良が感心する一方で、御堂はやれやれといった様子で笑う。

「こんな最後の別れの日まで、一刻も早く立ち去りたそうにしなくてもよくない？」

いつもの礼央なら軽く無視しそうなセリフだったけれど、礼央は意外にも、苛立《いらだ》ちを露《あら》わに眉《まゆ》を顰《ひそ》めた。

「俺は自分の気持ちに正直なんで」

「ちょっと前までグズグズ悩んでたくせに」

「なんの話」

「俺は気付いてたよ？　ロス行きのことも――」

「ちょっ……！　やめてください！」

喧嘩《けんか》が始まりそうになり、爽良が咄嗟《とっさ》に間に入ると、碧が楽しそうに笑う。

「このしょーもない言い争いがしばらく見られないと思うと、寂しいわぁ」

緊張感に似つかわしくないのん気な感想だったが、礼央は碧の「しょーもない」という言葉で気持ちが萎《な》えたのか、御堂からわざとらしく目を逸《そ》らした。

爽良はほっと息をつきながらも、本音を言えば、碧の言葉に少しだけ共感していた。

こんなふうに冷静さを欠く礼央の姿など、御堂の前以外ではまず拝めないからだ。

しかし、当然ながら口に出せるはずもなく、やがて門の前にタクシーが到着し、礼央が爽良の手を引く。――そして。

「じゃ、また近々」

意外にも、近い再会を思わせるような挨拶《あいさつ》を残し、タクシーに向かった。

即座に、御堂が堪えられないとばかりに笑い声を上げ、大きく手を振る。

「うん。ここで待ってるから、いつでも帰っておいで」

たった今言い争いになりかけたばかりだというのに、御堂の返事は思いの外温かく、爽良は、振り返ろうともしない礼央の代わりに大きく手を振り返した。

「はい！　またここに帰ってきます！」

これから一万キロ弱も距離が離れるとは思えないくらいの明るい別れに、爽良の寂しさはすっかり鳴りを潜める。

やがて、タクシーが進み出した瞬間、――ふと〝爽良が生き辛いと感じたときは、うちにおいで〟という、庄之助の言葉が頭の奥の方で響いた気がした。

爽良は振り返り、少しずつ小さくなっていく鳳銘館を眺めながら、思えばあれがすべての始まりだったとしみじみ思い返す。――そして。

「……もう、大丈夫だよ」

庄之助に語りかけるようにぽつりと呟《つぶや》くと、礼央は不思議そうに瞳《ひとみ》を揺らし、しかしなにも聞くことなく、爽良の手をぎゅっと握った。

爽良はその手を、さらに強く握り返す。

そして、――この温《ぬく》もりが傍にある以上、生き辛いことなどもう永遠にないだろうと、改めて確信していた。

番外編

来し方ゆく末

「学校で、なにか困っていることはありませんか？」

「……ない、です」

「友達とは仲良くしてる？」

「えっと、……はい」

それは、爽良が中学生の頃のこと。

久しぶりに受診することになったメンタルクリニックのカウンセリングにて、幼い頃の嫌な記憶を掠《かす》めるような質問を曖昧《あいまい》に受け流しながら、爽良はこっそりと溜め息をついた。

ちなみに、こんな展開になったのには、明確な経緯がある。ただし、幼い頃のように霊が視えると訴えたわけでは決してない。

今回爽良にかけられた疑いは、夢遊病。

というのは、ここ一ヶ月ですでに二度、それを疑われても仕方がないような出来事が爽良の身に起こっている。

具体的には、朝方に玄関で倒れているところを両親に発見されたこと。

しかも、爽良の足の裏やパジャマの裾《すそ》が、まるで外を出歩いていたかのように汚れていた。

しかし、爽良には自覚も記憶もない。

しつこく問いただされても答えようがなく、結果的に精神的なものが原因ではないかと心配され、今に至る。

正直、一番混乱していたのは爽良自身だった。

少なくとも、過去になにひとつ自分を信用してくれなかったカウンセラーに解決できるとは思えず、カウンセリングには心底うんざりしていた。

結局、適当な受け答えによってことなきを得た爽良は、心配する母を「ただ寝ぼけてただけだと思う」と強引な説明で宥《なだ》め、家に帰るとひとまずネットで夢遊病について検索した。

すると、原因としてヒットしたのは、「睡眠中の体の覚醒《かくせい》、いわゆる夢遊病とは、脳の睡眠と覚醒の機能が未発達であることが原因であると考えられている」というもの。

ただしそれは、患者が児童である場合のみ。

もう中学生の爽良が未発達に該当するとは思えず他を探してみると、続いて出てきたのは、「心的ストレス」や「薬の影響」。

ただし、どの記事にも「原因はまだはっきりと解明されておらず研究中である」と補足されていた。

「結局、原因は曖昧ってことか……」

散々探したものの納得のいく結果は得られず、爽良は椅子の背もたれに体重を預け天井を仰ぐ。

爽良的に一番避けたいのは、自分のせいで両親に余計な心配をかけること。

子供の頃、霊が視えると打ち明けたときの家庭内の混沌《こんとん》がトラウマと化している爽良にとって、自分の日常はいたって平和であるとアピールすることが、なによりも重要だった。

とはいえ、夢遊病となると、自分の意思ではコントロールしようがない。

しかも、実際に明確なストレスを抱えているならともかく、初めて夢遊病の疑いが生じた一ヶ月前のことを思い返してみても、これといった心当たりはなかった。

つまり、今できる対策はなにもなく、爽良はもう同じことが起きないようにとただただ祈りながら、毎日おそるおそる眠りについた。

正直、その不安こそがまさに、深刻なストレスだった。

ただ、幸いにもそれ以降おかしなことは起こらず、一ヶ月が経過した頃には、本当に寝ぼけていただけではないかと考えるようになった。

しかし、――それは、すっかり気を抜いていた、ある夜のこと。

ふと目を覚ました瞬間、ぼんやりと視界に映る風景を見て、爽良はすぐに違和感に気付いた。

辺りは暗いが、そこは明らかに自分の部屋ではなく、慌てて上半身を起こした途端に目に入ったのは、見慣れた玄関ドア。

これは三度目の夢遊病だと、自覚するまでさほど時間はかからなかった。

やがて、じわじわと覚醒していく頭に真っ先に浮かんできたのは、両親に気付かれるわけにはいかないという焦り。

爽良は一瞬立ち上がりかけたものの、これまでの経験上足の裏が汚れている可能性があると考え、膝立《ひざだ》ちでゆっくりと廊下を移動した。

そして、ようやく部屋に入ると音を立てないように戸を閉め、カーテンが閉まっていることを確認してから、一旦《いったん》照明をつける。――瞬間、ドクンと心臓が揺れた。

予想通りではあったものの、パジャマの裾や足の裏が、前回と同様に酷《ひど》く汚れていたからだ。

「やっぱり……」

思わず零《こぼ》れたひとり言が、心に重く響いた。

なにより奇妙なのは、今回も、爽良自身にはまったく記憶がないこと。

それも三度目となるとさすがに不気味で、爽良の中でようやく、これはただごとではないという実感が湧きはじめていた。

爽良はじわじわと込み上げる不安を無理やり誤魔化しながら、ひとまず足の裏を拭《ふ》こうと、机の上のウェットティッシュを手繰り寄せる。

そして、クローゼットから着替えのパジャマを取り出し、上を脱いだ、――そのとき。

右の手首にぼんやりと広がる、青い痣《あざ》が目に留まった。

「なに、これ……」

呟《つぶや》きながら、全身からスッと血の気が引く。

よくよく観察してみると、その痣は、手首をぐるりと一周するように大きく広がっていた。

見ようによっては人の手に掴《つか》まれた跡のようでもあり、爽良は途端に怖くなって、慌てて着替えてベッドに潜り込む。

ただ、一度込み上げてしまった恐怖は、そう簡単には落ち着かなかった。

記憶のない間、自分の身になにが起こったのか、いったいどこを歩いたのか、手首に残った痣はいったいなんなのか、頭の中を嫌な想像が巡る。

これまでは、夢遊病という曖昧な言葉のせいであまり実感を持てないでいたけれど、爽良はようやく、その恐ろしさを痛感しはじめていた。

しかも、いざ向き合おうにも、爽良には依然として、これがどういう現象なのかまったく想像がつかない。

関連がありそうなものとして唯一思い当たるとすれば、家族の中で自分だけが持つ、霊感のこと。

しかしその場合、爽良の体験は夢遊病などではなく、霊の仕業であるという可能性が浮上してしまう。

それは考え得る中で最悪な予想であり、爽良は布団の中でうずくまり、重い溜《た》め息をついた。

なにせ、霊が関わっているとなると、まったく理解のない両親には絶対に話せず、カウンセラーにはなおのこと解決できないからだ。

つまり、爽良にできる対策があるとすれば、ほとぼりが冷めるまでやり過ごすという、一択のみ。

途端に心細くなり、爽良は二度目の溜め息をついた。

普段なら強引に眠って現実逃避をするところだが、今回ばかりは、また同じことが起こるのではないかという不安から、寝ること自体が怖くてたまらなかった。

結果、ようやく眠りについたのは、朝方。

ものの一時間もしないうちに目覚ましに起こされ、爽良はぼんやりする頭でなんとか平静を装い、食欲もないのに朝食を食べ、汚れたパジャマを洗濯機の一番奥に突っ込んでから学校へ向かった。

結果、証拠隠滅したお陰でその日のことが両親にばれることはなかったけれど、それ以降、爽良を待っていたのは、重症な睡眠障害に悩まされる日々。

常に眠くてたまらないのに、寝ることへの恐怖に苛《さい》まれ、それ以降、満足に睡眠を取れた日は一日もなかった。

たとえ眠気に耐えかねて意識を手放したとしても眠りは浅く、数十分おきにビクッと目覚めてしまう。

当然ながらみるみる体調は悪化し、顔色も悪く、母親は顔を合わせるたびに爽良の体を心配した。

これでは本末転倒だと思うもののどうしようもなく、近々迎えるであろう限界を察していながらも、爽良は自分の体を誤魔化しながら、ただただ消化するように日々を過ごした。

そして、——ふたたび異変が起こったのは、そんな、ある夜のこと。

溜まりに溜まった疲労がついに恐怖を上回り、爽良はベッドに入るやいなや、気絶するように意識を飛ばした。

体が深く沈んでいくような感覚の中、爽良はもうなにも考えまいと意識を解放する。

しかし、そう考えたのも束の間、突如、足の裏にザラリと不快な感触を覚えた。

それは夢とは思えないくらいにリアルで、爽良はふと違和感を持つ。——瞬間、視界がぼんやりと開け、目の前に、やけに見慣れた道をゆっくりと移動する光景が映し出された。

動きは酷《ひど》くゆっくりで、時折ゆらゆらと不安定に揺れてはいるが、まるで目指す場所があるかのように、景色は確実に前へと進んでいる。

やがて視界の奥に、子供の頃によく行った神社の鳥居が見えた。

懐かしいと思うと同時に、爽良は奇妙な感覚を覚える。

もう何年も行っていない場所だというのに、鳥居の劣化具合や石段に生《む》した苔《こけ》の様子まで、すべてにおいて異様にリアルだったからだ。

夢で見る光景は完全に自分の記憶が頼りのはずだが、想像でここまで補えるものだろうかと、爽良は不思議に思う。

しかし、そうこうしている間にも景色はさらに先へと進み、間もなく鳥居の正面に差し掛かると、境内の奥に小さな人影が見えた。

背恰好《せかっこう》はとても小さく、月明かりに照らされた白髪や着物のシルエットからどうやら老女のようだが、爽良にはその特徴から思い当たる知り合いはいない。

一方その老女は、まるで爽良の到着を待っているかのように、その場にじっと立ち尽くしていた。

なんだか気味が悪く、近寄るべきではないと爽良は直感する。

なのに、体が勝手に老女の方へと向かっていき、真正面まで接近したところで、ようやく足が止まった。

老女は深く俯《うつむ》いているが、間近で見てもなお、爽良にはその風貌《ふうぼう》にまったく心当たりがない。

嫌な予感を覚えながらも、自分の意思ではどうすることもできず、爽良はただ静かに様子を窺《うかが》う。

老女もまた、ずいぶん長い時間言葉ひとつ発さず、境内を異様な静寂が包んでいた。

――しかし、そのとき。

突如、老女が勢いよく顔を上げたかと思うと、爽良の手首を摑んだ。

素早い動きに、心臓がドクンと大きく跳ねる。

そして、まっすぐに向けられた老女の目を見た瞬間、爽良は察していた。いっさい光の宿っていないこの目は、命が通っていない者の特徴だと。

たちまち血の気が引き、頭の中は真っ白になった。

これは夢だと、すぐに覚めるはずだと、爽良は自分に言い聞かせる。

けれど、意識を戻そうと必死になればなる程、辺りの風景や肌に触れる空気が、逆にリアルさを増していくような感じがした。

そんな中、老女は爽良の手首を強く摑んだまま、突如、本殿の裏側へ向かって歩きはじめる。

爽良が知る限り、この神社の本殿の裏には裏門があり、外側に広がっているのは小さな藪《やぶ》。

住宅街にぽつんとあるその藪は、昼でも薄暗く気味悪いせいか、大昔に地面の中から白骨遺体が見つかったという怖い噂が、この付近に住む子供たちの間でまことしやかに囁《ささや》かれている。

ただ、それらが事実かどうかをわざわざ調べる者はおらず、単純に、人通りが少ないその場所を子供が一人で通らないよう、大人たちがあえて怖い噂を流したのだろうという考えが定説となっていた。

いずれにしろあまり近寄りたい場所ではないが、老女は躊躇《ためら》いなく裏門の鳥居を抜け、爽良を強引に引っ張り藪の中に入っていく。

辺りには、ざわざわと木々が揺れる音が不気味に響いていた。

爽良は連れられるまま足を進めながら、ひたすら目覚めを祈る。

けれど、その願いは一向に叶《かな》わないまま、やがて老女はぴたりと足を止めた。

途端に辺りがしんと静まり返り、爽良の心臓はさらに鼓動を速める。――そのとき。

ふいに、老女から信じ難い程の強い力で腕を引かれ、爽良の体は抵抗の余地もないまま地面に崩れ落ちた。

それは、思考が追いつかないくらいの、一瞬の出来事だった。

思いきり地面に体を打ちつけた爽良は、突き抜ける痛みに低く悲鳴を漏らし、――途端に、違和感を覚える。

まさか、これは夢ではなく、現実の出来事ではないだろうか――と。あまりにもリアルな痛みに悶《もだ》えながら、できれば考えたくなかった最悪の可能性がじわじわと心に広がりはじめた。

しかしゆっくりと考えている余裕などないまま、ふいに体の上にずっしりとした重みを感じたかと思うと、目と鼻の先で老女の低い息遣いが響く。

「な、んで……」

声が出ると同時に、これは間違いなく現実だと、爽良はようやくはっきりと実感していた。

その上で改めて考えてみれば、五感に触れるすべてにおいて、最初に覚えていたような曖昧《あいまい》さはもうない。

むしろ、周囲に蔓延《まんえん》する異様な空気や、木々が怪しく揺れる音や、老女の重みや伝わる氷のような冷たさが、爽良に残酷な事実を突きつけていた。

やがて、老女は爽良の上にのし掛かったまま、首元に向かってゆっくりと両腕を伸ばす。

ゾッとする程冷たい指が首に絡みつき、呼吸が乱れると同時に、爽良の体は地面に強く押し付けられた。

抵抗もままならず、背中がじりじりと、ひんやりとした土の中に埋まっていく。

たちまち焦りが込み上げたけれど、喉《のど》を強く押さえられているせいで、声を上げることはできなかった。

しかし、そんなパニックの最中、ふと爽良の脳裏を過《よぎ》ったのは、ここで白骨遺体が見つかったという例の噂話。

まさか、あれは事実なのでは、と。――さらに、この老女こそ遺体の主なのではないだろうかと、怖ろしい仮説が浮かんだ。

ただし、もしそれが当たっていたとして、目の前の老女が、曖昧な噂になり果てる程の長い年月を彷徨《さまよ》い続けた霊だとするならば、いつものように逃げられるとはとても思えなかった。

幼い頃からひたすら霊を避け続けてきた爽良には、絶対に関わるべきでない相手が、感覚でわかる。

そして、この老女こそもっとも危険な類《たぐい》であると、夢ではないと気付いたときから明確に感じていた。

しかしそれがわかったところで、爽良には対抗できる術《すべ》などない。

やがて呼吸も限界を迎え、自分はこのまま、霊の無念の捌《は》け口として道連れにされてしまうのだろうかと、じわじわと諦《あきら》めに支配されはじめる。――そのとき。

あまりにも突然、意識がスッと遠《とお》退《の》き、視界が暗転した。

そのときの爽良は、ついに力尽きてしまったのだろうと思って疑わなかった。

だからこそ、その後、いきなり意識を戻した瞬間は、目の前の風景が現実なのかどうかを理解するまでに長い時間が必要だった。

「ここ……」

爽良が倒れていたのは、自宅の玄関。

前回とまったく同じ状況かと思いきや、体を起こそうとすると全身に痛みが走り、酷い吐き気を覚えた。

しかも全身から咽《む》せる程に土の匂いがし、這《は》うように部屋に戻って確認してみると、パジャマは前とは比べものにならないくらいに汚れ、全身泥にまみれていた。

やはり、さっきの出来事は夢ではなかったのだと、爽良は確信する。

同時に、この夢遊病のような現象が起こるたび、爽良の体に残る痕跡《こんせき》が明らかに増えていることに、気味悪さを覚えていた。

現に、手首の痣《あざ》はさらに濃さを増し、鏡を見れば、首には老女に絞められた痕《あと》がくっきりと残っている。

あの状態からどうやって逃れたのかはわからないが、今こうして生きていることが奇跡のように思えてならなかった。

一方、次第にエスカレートしていく痕跡を眺めながら唐突に思いついたのは、最悪な仮説。

それは、――これまで夢遊病として体験してきたことすべて、ひとつの出来事として繫《つな》がっているのではないかという可能性。

神社に向かい、老女に会い、連れ去られて命を奪われるまでの一部始終を、これまで何度かに分けて体験してきたのではないかと、――どんどん深みにはめられるような感覚から、爽良はそう推測していた。

おそらく、痕跡が足の汚れのみだった一度目と二度目は、神社に辿《たど》り着くまで。

三度目は、老女との遭遇。

そして四度目の今回は、首を絞められ地面に埋められかけたところまで。

ただ、今回ですでに死を覚悟する程の危機に瀕《ひん》したのだから、もし次に同じことが起こったときは、おそらく最期の瞬間となるのだろうと爽良は確信していた。

たちまち息苦しい程の恐怖が込み上げ、爽良は外の空気を求めて、ベランダに続くガラス戸を開ける。

そして、冷たい空気を胸いっぱいに吸い込み、ベランダの手すりにしがみつくようにして深呼吸を繰り返した。

ベランダは爽良にとってもっとも落ち着く場所だが、そのときばかりは、気を抜いた瞬間に不安に押し潰《つぶ》されてしまいそうで、自分を保つのに必死だった。

「次で……、終わり……」

思わず零《こぼ》れた呟《つぶや》きが、夜の空気に吸い込まれていく。――そのとき。

「――なにしてんの」

隣のベランダから、よく知る声が聞こえた。

驚いて視線を向けると、こてんと首をかしげる礼央と目が合う。

ある意味見慣れた光景ではあるが、時刻は夜中の二時をとうに回っており、爽良は思わず目を見開いた。

「どうして、こんな時間に……？」

「物音が聞こえたから、目が覚めて」

「物音……？」

正直、違和感があった。

爽良がベランダに出てから数分も経っていないし、逆に礼央の部屋の方からガラス戸を開ける音など聞こえなかったからだ。

なにより、礼央はやけに落ち着いていて、とても寝起きには見えない。

ただ、そのときの爽良は、絶望の最中に礼央の顔を見たことで気持ちが一気に緩み、少々の違和感などすぐに忘れ、引き寄せられるように礼央のもとへ向かった。

「……礼央。私、その……夢遊病、みたいで」

思わず、弱音が零れる。

「夢遊病?」

「うん。……今日で、四回目で。すごく怖いのに、……親にバレたら心配されるし、どうすればいいのか……」

当然ながら、礼央には爽良に霊が視えることをはじめ、本当のことを話すことはできない。

ただ、ぽつぽつと不安を零すごとに、一人ではとても抱えきれなかった不安が、胸の奥から一気に込み上げてきた。

このままだとすべて話してしまいそうで、爽良はそんな気持ちを必死に抑えながら、あまり心配をかけないようにと笑みを繕う。

「ごめんね、変な話して。ちゃんと病院にも行ってるから、そのうち良くなると思うんだけど、ちょっと弱気になって。……じゃあ、そろそろ部屋に戻るよ」

そう言って礼央に背を向けた途端、たちまち孤独が押し寄せ、胸がぎゅっと締め付けられた。

それでも、爽良は強引に一歩を踏み出す。――そのとき。

「爽良。ちょっと待って」

咄嗟《とっさ》に呼び止められて振り返ると、礼央がベランダを覗き込みながら、怪訝《けげん》な表情で爽良の足元を指差した。

「パジャマ、泥だらけじゃん。バレないようにって言うけど、そのまま洗濯に出すのはさすがに無理じゃない？」

「あ……」

そう言われて改めて自分の姿を見てみると、確かに今日の汚れ方は酷《ひど》く、おまけに土の嫌な臭いも染み付いている。

こうなると、さすがに他の洗濯物に紛れさせるわけにはいかなかった。

「ど、どうしよう……」

爽良はすっかり動揺し、ただ呆然《ぼうぜん》と立ち尽くす。

かたや、礼央はいたって冷静に言葉を続けた。

「とりあえず、着替えてきなよ」

「だけど、これ……」

「汚れたパジャマは、こっちに貸して。うちで洗うから」

「洗……って、そんなこと頼めないよ……！」

まさかの提案に、爽良は慌てて首を横に振る。

しかし、礼央はまったく気にする様子もなく、またこてんと首をかしげた。

「なんで？　今日は親がいないし、夜中に洗濯してもバレないから大丈夫だよ。朝までには乾燥まで余裕で終わると思うし。……まぁ、さすがにおばさんたちも、爽良が昨晩どんなパジャマで寝てたかまで覚えてないだろうから、そこまで急ぐ必要もないとは思うけど。でも、一応洗っといた方が安心でしょ」

「だけど……！」

「あと、体の泥も早く落とさないとマズくない？」

「そ、それは、そうだけど……」

「ほら、急いで。待ってるから」

「………」

結局、礼央の勢いに押されるまま、爽良は一旦《いったん》部屋に戻る。

そして、ひとまずウェットティッシュで体の泥を落とし、パジャマを着替えてふたたびベランダに出た。

戸を開けるとすぐに礼央が気付き、爽良の方に手を差し出す。

「貸して」

ただ、少し冷静さを取り戻して改めて考えてみると、いくら子供の頃からよく知る間柄とはいえ、洗濯物を洗わせるなんて考えただけで申し訳なく、さっき以上に躊躇《ためら》っている自分がいた。

「ね、ねえ、やっぱりこんなことさせるわけには……」

「バレてもいいの？」

「……………」

「迷ってる場合じゃないって」

確かにその通りだと、爽良はようやく観念し、小さく畳んだパジャマを礼央に差し出す。

すると、礼央は爽良に待っててと言い残して一度部屋へ入り、数分も経たないうちに戻ってきた。

「洗濯機回してきた。終わったら紙袋に入れてベランダに置いとくから、早めに回収してね」

そんな、いかにも礼央らしい完璧《かんぺき》な気遣いが、ありがたくもあり、恥ずかしくもあった。

「迷惑かけて、ごめん……」

力なく謝ると、礼央は小さく笑い声を零す。

「いや、迷惑かけたっていう話をするなら、俺の方がよっぽど鳳家にはお世話になってきたから。子供の頃なんて、食事はほぼそっちでさせてもらってたし」

「それは、私のお陰じゃないよ……」

「でも、爽良がいなきゃ、あんなに遠慮なく甘えられなかったと思う。爽良の面倒を見るっていう名目を作ってくれたからこそ、居やすかったんだよ」

「だとしても、今となっては圧倒的に私の方が迷惑かけてるから……」

「洗濯くらいで大袈裟《おおげさ》」

「私にとっては、全然些細《ささい》なことじゃないよ。……だけど、いつか絶対、恩返しするから」

「そんな律儀な」

「ううん、絶対、倍返しする。だから待ってて。……でも、できれば気長に」

まだ中学生の爽良には曖昧《あいまい》な約束しかできなかったけれど、かといって、決して口先だけで言ったつもりはなかった。

その日の爽良にとって、嫌な顔ひとつせず助けてくれた礼央の存在はあまりにも大きく、いつか絶対に同じくらい助けになろうと、心の底からそう思っていた。

すると、礼央は笑いながら頷《うなず》く。

「わかった。気長に待ってる」

「うん。もし礼央が忘れても、私は絶対忘れないから」

「俺も忘れないよ。あと爽良、――これ」

「え？」

唐突になにかを差し出され、戸惑いながらも受け取ると、それは神社でよく見るお守りだった。

表には「学業御守」と刺繍《ししゅう》がある。

「学業……」

「学業ってあるけど、神様も学業だけなんてケチなこと言わないと思うから、一応持ってて」

「夢遊病にならないためのお守り、ってこと？」

「ただの気休めだよ。でも、信じるものは救われるって言うし、夢遊病は精神的なものも影響するって聞くから、意外と効くんじゃないかって」

「……ありがとう」

その優しさを嬉《うれ》しく思いながら、爽良は正直、少し礼央らしくないと思っていた。

礼央は幼い頃から妙に現実主義な面があり、そもそも、神頼みをするようなタイプではないのに、と。

それでも、礼央から渡されるとなんだか本当に効果がありそうで、爽良はそれをぎゅっと握りしめる。――瞬間、ふと、違和感を覚えた。

よくあるお守りと比べ、触り心地がやけにゴツゴツしているように思えたからだ。

改めて注意深く触れてみると、明らかに、よくあるお守りとは違う感触が伝わってくる。

「このお守り、中になにか入ってるっぽくない……？」

気になって尋ねたものの、礼央はあまり興味がないのか、小さく肩をすくめた。

「さあ。お守りにもいろいろ種類があるんじゃない？」

「だけど、なんだか不思議な感触が……」

「そっとしといた方がいいよ。開けたら効果がなくなるって聞くし」

「そ、そうなの……？」

正直気にはなったけれど、効果がなくなると言われてしまうと、さすがに確かめる気にはなれなかった。

爽良はそれをパジャマの胸ポケットに仕舞い、改めて礼央を見つめる。

「じゃあ、これ、肌身離さず持っておくね」

「そうして。てか、そろそろ寝なよ。明日も学校でしょ」

「うん。……ありがとう」

それは礼央も同じではないかと思いながらも、ふと頭を過《よぎ》ったのは、礼央がまるで待ち構えていたかのようにベランダに現れたこと。

ただ、夜中に礼央の部屋の電気が点《つ》いていることは珍しくなく、結局は、今日もたまたま起きていただけなのだろうと自己解決をした。

よくよく思い返せば、最近は趣味でプログラミングをやっているという話を聞いたような記憶もあり、その関係で夜更かししていたのだろうと。

ともかく、礼央のお陰でパジャマの汚れは完璧な隠蔽《いんぺい》が叶《かな》い、なにより、絶望に呑《の》まれそうだった爽良の心はすっかり落ち着いていた。

もちろん、次また同じことがあったときは最期かもしれないという不安から逃れたわけではないが、礼央がくれたお守りのお陰か、なんの根拠もないのに、不思議と大丈夫だと思えている自分がいた。

「学業御守……」

爽良はポケットから取り出したお守りを眺めながら、〝学業御守〟の刺繍を見て思わず笑う。

「勉強で神頼みしたことなんて、ないくせに……」

あんな怖ろしい目に遭った後だというのに、こうやって笑えていることが、奇跡のように感じられた。

それ以降、ビクビクしながら過ごす日々は続いたものの、一週間が経っても、さらに一ヶ月が経っても、ふたたびあの恐ろしい体験をすることはなかった。

やがて、夜も徐々にリラックスできるようになり、睡眠不足もずいぶん改善し、たまに眠れない日があったとしても、ベランダに出れば礼央がすぐに出てきてくれ、眠くなるまでたわいのない話に付き合ってくれた。

その頃の礼央がよく語っていたのは「エンジニアになる」という目標と、「どこでも仕事できるから」という志望理由。

いかにも礼央らしいと思いつつ、礼央ならきっと難なく叶えるのだろうと、そして、自分の好きな場所で、誰よりも自由に暮らすのだろうと、羨望《せんぼう》に近い気持ちで想像していた。

いつか遠い存在になってしまう日のことを、少し、寂しく思いながら。

そして、——ちょっとした事件が起きたのは、家族間でも夢遊病の話題がほとんど出なくなった、約三ヶ月後のこと。

寝る前に必ずポケットに入れることを習慣としていた礼央のお守りが、朝起きるとなくなっていた。

枕の下やシーツの間や、ついにはベッドの下まで漁《あさ》ったものの出てこず、爽良は床に座り込んで呆然《ぼうぜん》とする。

そのとき、——ふと、ベランダに続くガラス戸の取手のあたりが、白っぽく汚れていることに気付いた。

不思議に思って近寄った瞬間、——爽良の心臓がドクンと跳ねる。

なぜなら、それは明らかに、人の手が触れた跡だったからだ。

しかも何重にも重なって付けられ、無理やりガラス戸をこじ開けようとしていたようにも見える。

言うまでもないが、この戸を普段使うのは爽良しかおらず、ガラス戸には取手があるため、ガラスに直接触れることはまずない。

これは、――霊の仕業だ、と。思いついた途端に頭を過ったのは、三ヶ月前に神社で遭遇した老女の霊のこと。

たちまち、あの老女がついに自分を連れ去りに来たのではないかと、最悪な想像が浮かび、全身がゾッと冷えた。

ただし、そう考えるには、釈然としないこともあった。

なにより、爽良自身がまったくの無事であり、それどころか、老女が来たことにすらまったく気付かなかったからだ。

次に老女に会うときこそ最期だと、あんなに恐怖に怯《おび》えていたというのに、今朝は当たり前のように自分の部屋で目覚めている。

いったいどういうことだろうかと、爽良はガラス戸の跡を眺めながらしばらく思考を働かせる。

けれど、結局、納得のいく答えはなにも浮かばず終《じま》いだった。――そのとき。

「爽良、なにしてるの？」

突如背後から声が聞こえ、振り返ると、部屋を覗《のぞ》く母の姿があった。

爽良は咄嗟《とっさ》にカーテンを引いて手の跡を隠し、引き攣《つ》った笑みを返す。

「あ、その……、礼央がくれたお守りが、なくなっちゃって」

慌てて繕った言葉だったけれど、母はとくに訝《いぶか》しむ様子もなく、やれやれといった様子で笑った。

「そのうち、カバンか洋服のポケットから出てくるんじゃない？」

「そ、そう、かな……」

「ただ、お守りって、持ち主の身代わりになったら消えるっていう話を聞いたことがあるから、本当に守ってくれたのかもしれないわよ」

「え……？」

「もちろん、ただの迷信だけど。……ほら、早く朝ごはん食べて」

母はそう言い残し、キッチンへ戻っていく。

そんな中、爽良は母がサラリと言った「身代わり」という言葉に、なんだか引っかかるものを感じていた。

老女が現れた形跡と奇妙に消えたお守りが、母の話を聞いた途端に、無関係だとは思えなくなったからだ。

現に、お守りが身代わりになってくれたのだと考えると、一応は、辻褄《つじつま》が合う。

「でも、神社のお守りって、そんなに効果ある……？」

疑問を声に出すと、さすがにそれは現実的ではないだろうと急に冷静になった。

一方、あのお守りは、普段神頼みをしない礼央が信じた特別なものであり、心のどこかで、それもあり得なくはないと思ってしまっている自分がいた。

＊

ふと目覚めたとき、すぐ目の前にあったのは、やけに近い見慣れない天井。

爽良はぼんやりとそれを眺めながら、ゆっくり覚醒《かくせい》していく頭で、ここが飛行機の中であることを思い出した。

成田《なりた》空港から、礼央とともにロス行きの飛行機に乗ったのは、数時間前。

思えば、出発前に父親から、東京とロスでは十六時間の時差があるため、移動中は少しでも寝ておいた方が楽だと助言をもらっていた。

しかし、ついにロスに向かうという緊張と高揚感から、とても寝られそうにないと爽良はすっかり諦《あきら》めていた。――のに。

いつの間にか意識を飛ばしてしまったらしく、しかも、寝覚めの感覚は、ずいぶん深く眠った後のようにスッキリしていた。

小さく伸びをして視線を彷徨《さまよ》わせると、横のシートに乗る礼央が、イヤホンを外しながら爽良に視線を向ける。

「最初ちょっとうなされてたみたいだけど、大丈夫だった？」

「え？」

そう言われてふと頭を過《よぎ》ったのは、ついさっきまで見ていた、遠い昔の夢。

そういえば妙にリアルだったと改めて思い返していると、礼央は問題ないと判断したのか、ほっと息をついた。

「覚えてないなら、いいけど」

「………」

「喉《のど》渇いてない？　なにか飲み物もらう？」

「ねえ、礼央。……それより」

「うん？」

「あのときのお守り、なにが入ってたの？」

「え？」

ある意味当然と言うべきか、礼央はキョトンとしていた。

もちろん、あまりに唐突すぎるという自覚はあったけれど、夢によってまたひとつ過去の記憶を取り戻した爽良にとって、そこはもっとも気になった部分であり、聞かずにはいられなかった。

当時は、爽良の霊感に礼央が気付いているなんて夢にも思っていなかったけれど、今となってみれば、あのお守りには、礼央によってなにか手が加えられていたとしか考えられない。

すると、礼央は束の間の沈黙の後、なにかを思い出したかのように瞳《ひとみ》を揺らした。

「ああ、もしかして〝学業御守〟のこと？」

「そう！……っていうか、私が言うのもなんだけど、よくわかったね」

「俺が持ってたお守りなんて、後にも先にもアレしかないから。当時のこと、思い出したの？」

「うん。さっき、夢で見て」

「そう。ちなみに、あれの中身は塩だよ」

「え？……ただの、塩……？」

「そう。粗塩。爽良が変な気配に付き纏《まと》われてることには気付いてたんだけど、どうすれば追い払えるのかわかんなくて。そしたら、霊除《よ》けには粗塩が効くって情報をネットで見たから、試しにお守りに入れて、渡す機会を狙ってたんだ」

「じゃあ、あの頃よくベランダにいたのってまさか……」

「なんの脈絡もなく渡しても怪しまれると思ったし、爽良はなにかあるとよくベランダに出てたから、相談を聞くついでに渡せば自然かなと思って。ま、ともかく、本当に効いてよかったよ」

お陰で謎がひとつ解消したものの、それよりも、爽良は今さらながら、当時の自分の鈍さを痛感していた。

霊のことに関しては、いつも一人っきりで孤独な戦いをしているような感覚だったけれど、重ね重ね、とんだ勘違いをしていたものだと。

「なんか、……ごめんんね」

居たたまれずに謝ると、礼央は小さく首をかしげた。

「え、なに急に」

「だって、私があえて思い出さないようにしてた怖い記憶は、ことごとく、礼央から助けられた思い出でもあったんだなって。……鳳銘館で過ごすようになって以来、ちょっとずつ記憶を取り戻してきたけど、そのたびに、逆に自分の薄情さを自覚したっていうか……」

「なにそれ。考えすぎだよ」

重い反省をする爽良を、礼央は軽く笑い飛ばす。

その表情を見ていると、こうして長い年月にわたり当たり前のように与えられてきた温かさが、途端に特別なものに感じられた。

もしかして、愛情とはこういうもののことを言うのだろうかと、爽良は漠然と思う。

「……礼央」

「うん？」

「私、これからは、与えられてばっかりじゃないから」

「……なんの話？」

「私も、同じだけあげたいって話」

「だから、なんの話？」

「とりあえず、……次は、私が洗濯するね」

「……本当に、なんの話だよ」

ついに笑い声を上げた礼央の表情を見ながら、きっとこの人には永遠に敵《かな》わないのだろうと、──だとしても、自分に与えられるものをひとつでも多く見つけていこうと、爽良は密《ひそ》かに、そんなことを考えていた。

本書は書き下ろしです。この作品はフィクションであり、登場する人物・地名・団体等は実在のものとは一切関係ありません。

大《たい》正《しょう》幽《ゆう》霊《れい》アパート鳳《ほう》銘《めい》館《かん》の新《しん》米《まい》管《かん》理《り》人《にん》7

竹《たけ》村《むら》優《ゆ》希《き》

令和6年 3月25日　初版発行

発行者●山下直久

発行●株式会社KADOKAWA
〒102-8177　東京都千代田区富士見2-13-3
電話　0570-002-301(ナビダイヤル)

角川文庫 24095

印刷所●株式会社暁印刷
製本所●本間製本株式会社

表紙画●和田三造

●お問い合わせ
https://www.kadokawa.co.jp/ (「お問い合わせ」へお進みください)
※内容によっては、お答えできない場合があります。
※サポートは日本国内のみとさせていただきます。
※Japanese text only

ISBN 978-4-04-114739-9　C0193

◇◇◇

角川文庫発刊に際して

角川源義

第二次世界大戦の敗北は、軍事力の敗北であった以上に、私たちの若い文化力の敗退であった。私たちの文化が戦争に対して如何に無力であり、単なるあだ花に過ぎなかったかを、私たちは身を以て体験し痛感した。西洋近代文化の摂取にとって、明治以後八十年の歳月は決して短かすぎたとは言えない。にもかかわらず、近代文化の伝統を確立し、自由な批判と柔軟な良識に富む文化層として自らを形成することに私たちは失敗して来た。そしてこれは、各層への文化の普及滲透を任務とする出版人の責任でもあった。

一九四五年以来、私たちは再び振出しに戻り、第一歩から踏み出すことを余儀なくされた。これは大きな不幸ではあるが、反面、これまでの混沌・未熟・歪曲の中にあった我が国の文化に秩序と確たる基礎を齎らすためには絶好の機会でもある。角川書店は、このような祖国の文化的危機にあたり、微力をも顧みず再建の礎石たるべき抱負と決意とをもって出発したが、ここに創立以来の念願を果すべく角川文庫を発刊する。これまで刊行されたあらゆる全集叢書文庫類の長所と短所とを検討し、古今東西の不朽の典籍を、良心的編集のもとに、廉価に、そして書架にふさわしい美本として、多くのひとびとに提供しようとする。しかし私たちは徒らに百科全書的な知識のジレッタントを作ることを目的とせず、あくまで祖国の文化に秩序と再建への道を示し、この文庫を角川書店の栄ある事業として、今後永久に継続発展せしめ、学芸と教養との殿堂として大成せんことを期したい。多くの読書子の愛情ある忠言と支持とによって、この希望と抱負とを完遂せしめられんことを願う。

一九四九年五月三日

丸の内で就職したら、幽霊物件担当でした。

竹村優希

本命に内定、ツイテル？　いや、憑いてます！

東京、丸の内。本命の一流不動産会社の最終面接で、大学生の澪《みお》は唖然としていた。理由は、怜悧な美貌の部長・長崎《ながさき》次郎《じろう》からの簡単すぎる質問。「面接官は何人いる？」正解は3人。けれど澪の目には4人目が視えていた。長崎に、霊が視えるその素質を買われ、澪は事故物件を扱う「第六物件管理部」で働くことになり……。イケメンドSな上司と共に、憑《つ》いてる物件なんとかします。元気が取り柄の新入社員の、オカルトお仕事物語！

角川文庫のキャラクター文芸

ISBN 978-4-04-106233-3

宮中は噂のたえない職場にて

天城智尋

宮中の噂の「物の怪化」、防ぎます!?

ある事情から乳母に育てられた梓《あずさ》子《こ》は、二十歳にして女房として宮仕えを始める。だが人ならざるモノが視えるために、裏であやしの君と呼ばれ、主が決まらずにいた。そんな折、殿上人が出仕してこない事態が続き、彼らは一様に怪異に遭ったと主張する。梓子は、帝の信頼厚い美貌の右近少将・光影《みつかげ》に目をつけられ、真相究明と事態収束に協力することに。だが光影は艶めいた噂の多い人物で!?　雅《みやび》で怪しい平安お仕事ファンタジー。

角川文庫のキャラクター文芸

ISBN 978-4-04-113023-0

遺跡発掘師は笑わない

ほうらいの海翡翠

桑原水菜

天才・西原無量の事件簿！

永倉萌絵《ながくらもえ》が転職した亀石《かめいし》発掘派遣事務所には、ひとりの天才がいた。西原無量《さいばらむりよう》、21歳。笑う鬼の顔に似た熱傷痕のある右手“鬼の手《オーガ・ハンド》”を持ち、次々と国宝級の遺物《レリック》を掘り当てる、若き発掘師《ディガー》だ。大学の発掘チームに請われ、萌絵を伴い奈良の上秦《かみはた》古墳へ赴いた無量は、緑色琥珀《りよくしよくこはく》“蓬莱《ほうらい》の海翡翠《うみひすい》”を発見。これを機に幼なじみの文化庁職員・相良忍《さがらしのぶ》とも再会する。ところが時を同じくして、現場責任者だった三村《みむら》教授が何者かに殺害され……。

角川文庫のキャラクター文芸

ISBN 978-4-04-102297-9

ISBN 978-4-04-114140-3

ISBN 978-4-04-114412-1